7 Tage sturmfrei

Für Mutti

Deine unerschrockene Art und trockener Witz waren mir immer schon Vorbild – und meinen Figuren auch.

Juma Kliebenstein

7 Tage sturmfrei
ISBN 978-3-96129-147-2
Edel Kids Books
Ein Verlag der Edel Verlagsgruppe

www.edel.com
2. Auflage 2021
Text: Juma Kliebenstein
Umschlag- und Innenillustrationen: Barbara Jung
Umschlaggestaltung: Vanessa Weuffel, Köln
Lektorat: Sophie Härtling
Projektkoordination: Dagmar Hoppe
Layout und Satz: Uhl + Massopust, Aalen
Herstellung: Frank Jansen
Druck und Bindung: GGP Media GmbH, Pößneck

Printed in Germany

Prolog

»Charlie!«, brüllte Mira.

Meine große Schwester brüllte so laut, dass ich sie problemlos durch die geschlossene Zimmertür hören konnte. Das war auch ihre Absicht. Sie hat nämlich die Angewohnheit, Leute zu sich zu brüllen, wenn sie etwas von einem will, statt einfach selbst hinzugehen. Bei uns zu Hause klappt das allerdings fast nie.

Ich stellte mich taub und schrieb weiter an meiner Geschichte.

»Verdammter Mist!«, fluchte Mira, als sie schließlich die Tür aufriss und in mein Zimmer stürmte.

»Hey!«, rief ich. »Kannst du nicht anklopfen?«

Mira antwortete nicht. Sie fuchtelte mit ihrem Handy in der Luft herum und sah mich mit weit aufgerissenen Augen an. »Mama und Papa haben eine Nachricht geschickt. Sie kommen früher zurück! In ungefähr einer Stunde sind sie da!«

Ach du Schande! Ich schoss kerzengerade von meinem Schreibtischstuhl hoch. Die Stifthalterdose fiel um, und mein Schreibheft segelte zu Boden.

»In einer Stunde?«, rief ich. »Ich dachte, sie wollten erst morgen wieder zurück sein?«

»Ja, das dachte ich auch!«, fauchte Mira. »Was meinst du denn, warum ich hier so herumfluche?«

»Warum kommen die denn jetzt schon?«, fragte ich, während ich die Stifte einsammelte.

»Ja, was weiß denn ich!«, rief Mira ungeduldig. »Ist doch auch egal! Sie sind jedenfalls gleich da, weißt du, was das heißt?«

Ich tauchte wieder auf und sah Mira entgeistert an.

Allerdings wusste ich, was das hieß!

»Wie sollen wir das denn schaffen?«, fragte ich. »In so kurzer Zeit?«

»Hör auf, Fragen zu stellen, und komm in die Gänge!«, sagte Mira entschlossen. Sie marschierte geradewegs in den Flur zum Zimmer unseres Bruders und klopfte an.

Keine Reaktion.

»TOM!« Mira bollerte jetzt mit voller Wucht gegen die Tür. »SCHWING DEINEN HINTERN HOCH! SOFORT!«

Ich glaubte nicht, dass Tom darauf reagieren würde.

Schließlich ist er Miras Zwillingsbruder und damit genauso alt wie sie, fast 18. Er lässt sich von ihr schon aus Prinzip nicht herumkommandieren. Genauso wenig wie ich. Aber ausnahmsweise hatte Mira an jenem Tag wirklich mal einen guten Grund für ihren Befehlston. Und das würde Tom auch sehen, wenn er erfuhr, was los war.

Ich stellte mich neben Mira und holte tief Luft. »Tom?«, sagte ich. »Ich bin's. Es ist echt wichtig. Lebenswichtig!«

Tom brummelte irgendwas, das sich wie »Dann kommt halt rein!« anhörte. Er klang ziemlich verschlafen. Ich öffnete die Tür.

Tom lag auf dem Bett und hatte die Augen geschlossen.

»Was ist denn los?«, fragte er genervt. »Warum brüllt ihr so in der Gegend herum?«

»Mama und Papa sind in einer Stunde hier«, sagte ich. »Wir müssen uns beeilen, sonst fliegt alles auf!«

Tom schoss hoch und fuhr sich nervös durch die Haare.

»Sagt das doch gleich!«, rief er. »Wenn die rauskriegen, was hier abgegangen ist, sind wir geliefert!«

Er sprang auf und sah sich wild in seinem Zimmer um, bevor er zu uns in den Flur stürzte.

»Wo fangen wir an?«, stieß er hervor.

»Egal«, sagte ich. »Irgendwo!«

»Halt, nein«, rief Mira. »Wir brauchen ein System! Erst kümmern wir uns um die wichtigsten Zimmer. Die, in denen Mama und Papa sich aufhalten werden.«

Sie zeigte auf Tom. »Du übernimmst das Bad«, sagte sie in einem Ton, der keinen Widerspruch duldete.

»Küche!« Sie zeigte auf mich. »Und ich kümmere mich um Valentina.« Sie drehte sich entschlossen zur Treppe um.

»Und was ist mit dem Rest?«, fragte Tom.

»Darüber können wir gern später noch nachdenken, wenn wir mit dem anderen fertig sind. Los, los, los!«

Wir stoben in verschiedene Richtungen auseinander.

Ich rannte in die Küche und versuchte, mit einem Blick festzustellen, ob noch irgendwo verräterische Spuren zu sehen waren. Wir hatten natürlich schon begonnen, das Haus wieder in den Zustand zu versetzen, in dem es vor einer Woche gewesen war. Aber keiner von uns hatte sich beeilt. Wir dachten ja, wir hätten noch einen Tag länger Zeit! So ein Mist.

Ich riss alle Schranktüren auf und scannte mit den Augen den Inhalt. Sehr gut! Da war nichts mehr drin, was nicht hineingehörte. Im Mülleimer lag auch nichts Verräterisches mehr. Ich legte mich auf den Boden, um unter die Schränke zu sehen, falls etwas hinuntergefallen war. Da! Da lag ein schmales, flaches Päckchen mit buntem Aufdruck. Ich musste meinen Arm lang strecken, um ranzukommen, und förderte schließlich ein Nikotinpatch hervor. Wisst ihr, was das ist? Ich wusste es bis vor ein paar Tagen nicht. Das ist so eine Art Pflaster, das sich Leute aufkleben, wenn sie sich das Rauchen abgewöhnen wollen. Hier bei uns im Haus raucht niemand, es war also ein riesiges Glück, dass ich das Päckchen noch gefunden hatte, bevor Mama oder Papa es entdeckten. Es wäre sehr schwer gewesen, mir eine Erklärung dafür auszudenken. Ich warf es auch nicht in den Müll, sondern steckte es ein und nahm mir vor, es später ganz zuunterst in die große Mülltonne draußen zu stopfen.

Dann wischte ich den Küchentisch und die Anrichte sauber und stellte das Fenster auf Kipp, um etwas frische Luft hereinzulassen. Eigentlich sah alles ganz gut aus.

Auf den ersten Blick war nichts Verräterisches zu entdecken.

So wuselten wir eine Weile durchs Haus, als ich plötzlich ein Auto vorfahren hörte.

Ich sah aus dem Küchenfenster, und richtig, Mama und Papa bogen gerade in unsere Einfahrt ein!

»Scheiße!«, brüllte Mira. Sie war wohl noch nicht fertig geworden. Hoffentlich hatten wir wenigstens die wichtigsten Zimmer gesichert!

Trotz meiner Unruhe spürte ich aber auch, wie mein Herz vor Freude hüpfte, als ich Mama und Papa die Einfahrt entlangkommen sah. Sie waren noch nie ohne uns fort gewesen, und wenn ich auch in den letzten Tagen keine Zeit mehr gehabt hatte, sie zu vermissen, war es jetzt doch sehr schön, sie wiederzusehen.

Tom, Mira und ich stürzten gleichzeitig in den Flur. Mira strich sich nervös die Haare glatt, und Tom wischte sich den Schweiß von der Stirn.

Als die Haustür aufging, standen wir drei wie Spargelstangen nebeneinander und schmetterten unseren Eltern ein »Herzlich willkommen zurück!« entgegen.

»Hallo«, rief Mama. »Wie schön, euch zu sehen!«

Sie strahlte uns an und umarmte als Erstes mich. Ich bekam fast keine Luft, so fest drückte sie mich. Papa war nicht ganz so sentimental, seine Umarmungen für uns fielen ein bisschen kürzer aus. Dafür fiel mir auf, dass seine Augen verdächtig schimmerten. Papa ist meistens lustig und munter. Wenn er feuchte Augen bekommt, heißt das, dass er sich wirklich freut.

»Ist alles in Ordnung?«, wollte Mama wissen.

»Klar«, sagten wir und vermieden es dabei, uns anzusehen.

Papa schaute sich im Flur um und sagte lachend: »Sieht alles aus wie immer. Die Kinder sind ganz vernünftig gewesen! Wer hätte das gedacht!« Er grinste, als hätte er gerade einen prima Scherz gemacht.

Ich warf Mira und Tom einen verstohlenen Blick zu. Wir blinzelten uns an, und jeder schien zu wissen, was der andere dachte: »Wenn ihr wüsstet!«

Sturmfreie Bude

Alles hatte damit angefangen, dass meine Eltern zu zweit verreisen wollten. Papa hatte Mama die Reise zum zwanzigsten Hochzeitstag geschenkt: Eine Woche in einem Wellness-Hotel an einem See in Österreich, und auf der Rückfahrt wollten sie noch bei Tante Marga und Onkel Erich Station machen.

»Die Kinder sind wirklich alt genug, die können wir getrost ein paar Tage allein lassen«, hatte Papa im Brustton der Überzeugung verkündet. *Die Kinder*, das sind wir: meine älteren Zwillingsgeschwister Tom und Mira und ich. Ich heiße Charlie und bin elf Jahre alt. Eigentlich heiße ich Charlotte, aber ich finde, der Name passt überhaupt nicht zu mir. *Charlotte* klingt so… na ja, irgendwie ordentlich und vornehm. In meiner Klasse ist noch eine andere Charlotte. Die reitet, trägt kleine silberne Ohrstecker und spielt Geige. Sie ist eigentlich ziemlich nett, aber wir sind nicht mal ansatzweise auf derselben Wellenlänge. Charlotte ist wahnsinnig organisiert und immer auf jedes mögliche Chaos vorbereitet, das einen so treffen könnte. Und genau das, also dieses Chaos, das einen trifft, das bin dann meistens ich.

Ständig komme ich irgendwo zu spät, auch wenn ich mir die größte Mühe gebe, rechtzeitig da zu sein. Ich vergesse jeden Tag irgendwelche Schulsachen, obwohl ich ganz sicher bin, sie am Vorabend in die Tasche gepackt zu haben. Letztens habe ich es sogar fertiggebracht, aus Versehen zwei verschiedene Schuhe anzuziehen, und es nicht mal gemerkt, bis mich meine Freundin Anna in der Schule darauf aufmerksam gemacht hat. So was würde einer Charlotte nie passieren. Deswegen finde ich, Charlie passt viel besser zu mir, und ich kann mich nicht erinnern, dass mich jemals irgendwer anders genannt hat.

Meine beiden Geschwister sind ähnlich chaotisch. Papa meint, er hat nicht die geringste Ahnung, wie drei dermaßen durchgeknallte Kinder von zwei so völlig normalen Erwachsenen stammen können, aber er schwört Stein und

Bein, dass wir nicht adoptiert sind. Dafür sehen wir unseren Eltern auch zu ähnlich. Ich bin ziemlich nach Mama geraten, mit meinen dunklen Haaren und den grünen Augen. Meine großen Geschwister gleichen eher Papa, und natürlich sich gegenseitig. Sie sind ja, wie gesagt, Zwillinge, wenn auch zweieiige, natürlich. Tom und Mira sind fast 18 und spielen sich seit einiger Zeit auf, als wären sie ultra-erwachsen. Mira nimmt seit ein paar Monaten Fahrstunden und kann es kaum erwarten, endlich die Führerscheinprüfung zu machen. Wenn ich mir vorstelle, dass Mira bald Auto fahren darf, tun mir alle anderen Autofahrer leid, die ihr jemals auf der Straße begegnen werden. Sie schafft es trotz ungefähr zwanzig Fahrstunden bisher nicht mal, rückwärts aus unserer Einfahrt zu fahren, ohne das kleine Mäuerchen bei der Garage mitzunehmen. Wenn man sie mit ihren Freundinnen reden hört, klingt das aber ganz anders. Dann braucht sie eigentlich gar keine Fahrstunden mehr und nimmt nur noch welche, weil der Fahrlehrer ja so furchtbar süüüüüüüüüß ist. Der Fahrlehrer ist übrigens der einzige Mensch, über den Mira überhaupt noch etwas Nettes sagt. Alle anderen findet sie zurzeit total dämlich und unter ihrer Würde. Deswegen redet sie mit uns Familienmitgliedern schon gar nicht mehr normal, sondern raunzt und schnauzt umher wie ein schlecht gelauntes Wildschwein. Tom ist um einiges friedlicher als sein Zickenzwilling, aber das liegt daran, dass Tom gedanklich in seinem Paralleluniversum lebt, und das ist voller Kunst. Er ist nämlich Gitarrist in einer Punkband, und außerdem zeichnet er wahnsinnig gut. Wenn aus seinem Zimmer Lärm kommt, spielt er Gitarre, und wenn es leise ist, malt er. Am liebsten Comicfiguren. Andere Menschen, zum Beispiel unsere Familie, nimmt er nur wahr, wenn man ihm zufällig im Weg steht und er einen gedankenverloren über den Haufen rennt. Das kommt aber sowieso nicht so oft vor, am liebsten sitzt er nämlich in seinem Zimmer, um seine Ruhe zu haben. An seiner Tür hängt sogar ein Schild, auf dem EINTRITT UNTER LEBENSGEFAHR VERBOTEN steht. Mira versucht immer wieder, bei Toms Band mitzumachen, aber Tom blockt jeden Versuch unbarmherzig ab. Wer Mira jemals singen gehört hat, weiß, warum. Ich schwöre, als sie letztens bei offenem Fenster vor sich hin geträllert hat, ist ein Vogel rückwärts vom Baum gefallen.

»Ich weiß nicht, was schlimmer für den armen Vogel war«, sagte ich, als ich ihr unter die Nase rieb, was sie der Tierwelt angetan hatte. »Deine Stimme zu hören oder dich anzusehen.«

Mira sucht sich nämlich gerade selbst, habe ich Mama kürzlich zu einer Freundin am Telefon sagen hören. Das bedeutet, dass sie ihre Mitmenschen alle paar Wochen mit einem völlig neuen Look überrascht. Bis vor Kurzem hatte sie grasgrüne Haare, die sie in ungefähr hundert Zöpfchen geflochten und zu einem Pferdeschwanz zusammengebunden trug. In den Ohren steckten Sicherheitsnadeln statt normaler Ohrringe, und sie quetschte sich jeden Morgen in hautenge Jeans mit Löchern, wo dann alles rausquoll, was eigentlich nicht reinpasste. Plötzlich war das wohl nicht mehr angesagt, denn auf einmal hatte Mira blaue Haare, die sie offen hängen ließ, sodass man ihr Gesicht kaum noch sehen konnte. Sie trug nur noch wallende Kleider mit Rüschen und sang mit ihrer hohen Quietschestimme irgendwelchen Mittelalterkram vor sich hin. Meine Eltern sind schlau genug, nichts zu sagen, wenn Mira wieder so komische Anwandlungen hat. Wahrscheinlich wollen sie sich nur das Wildschweingeschnauze ersparen, das Mira vom Stapel lässt, wenn ihr was nicht passt. Neulich habe ich gehört, wie Mama zu Papa gesagt hat, das sei eine heiße Phase und da müsse man als Eltern einfach durch.

Aber offensichtlich trauten sie ihr und Schnarchnase Tom trotz allem zu, zum ersten Mal mit mir für ein paar Tage allein zu Hause zu bleiben. Man konnte richtig sehen, wie die Augen meiner Geschwister leuchteten, als unsere Eltern verkündeten, dass sie in der ersten Augustwoche nicht da sein würden.

»Natüüürlich könnt ihr uns allein lassen«, versicherte Mira mit einem treuherzigen Blick aus lila umrandeten Augen. »Wir sind doch keine Babys mehr. Außer *ihr*, natürlich.« Sie nickte in meine Richtung. »Aber wir passen gut auf Charlie auf, keine Sorge.«

Ich verschluckte mich fast vor Lachen.

»Haha«, sagte ich. »Pass du erst mal auf dich selbst auf. Wenn du weiter so Auto fährst, landest du noch im Krankenhaus!«

»Du kleine Kröte!«, fauchte Mira, aber sie fing sich schnell wieder und schenkte Papa ein liebreizendes Lächeln (oder das, was sie dafür hielt. Ich fand, es sah eher nach einer Grimasse aus einem Horrorfilm aus).

Papa versuchte, sich ein Grinsen zu verbeißen. »Ihr seid nun wirklich alt genug«, sagte er. »Und was soll hier schon passieren. Wir leben ja am friedlichsten Ort der Welt.«

So kann man es auch ausdrücken. Für mich ist unser Dorf eher der stinklangweiligste Ort der Welt. Hier wohnen nur ungefähr tausend Menschen, jeder kennt jeden, und es ist ziemlich ruhig hier. Es gibt kein Kino und kein Einkaufszentrum, bloß einen Supermarkt und eine Bank, dazu einen winzigen Bahnhof und drei Bushaltestellen. Die Häuser sehen alle ziemlich unspektakulär aus: Es gibt eigentlich nur kleine Einfamilienhäuser und Bauernhöfe, und um unser Dorf herum kommt erst mal nichts außer riesigen Feldern und Wiesen. Ziemlich unspektakulär also.

Außer einmal im Jahr. Da findet hier das RATTAZONK statt, ein riesiges Rockfestival, und dann brummt der Laden so richtig. Eine der riesigen Wiesen am Ortsrand wird extra für das Festival hergerichtet: Dort stehen dann mehrere große Bühnen, und es gibt Getränkestände, Zeltplätze und nur für das Festival angelegte Parkplätze. In der Zeit laufen in unserem Ort eine ganze Menge solcher Heavy-Metal-Typen rum. Fast alle tragen schwarze Klamotten, haben lange Haare und die Männer Bärte, und ihre Autos und Motorräder sind meistens voller Aufkleber von Heavy-Metal-Bands.

Man sieht sie aber meistens nur nachmittags, wenn sie im Supermarkt einkaufen. Ansonsten sind sie ja auf dem Festival oder schlafen. Die meisten Festivalbesucher übernachten auf den Zeltplätzen. Nur ein paar finden Platz im einzigen Hotel unseres Dorfs. Das ist eigentlich auch gar kein richtiges Hotel, sondern ein Wirtshaus mit ein paar leer stehenden Zimmern über der Gaststube. Die vermietet Ole, der Wirt, dann für die drei Tage. Ich würde echt gern mal aufs Festival gehen, aber zum einen sind die Eintrittskarten ziemlich teuer, und zum anderen dürfte ich alleine da gar nicht hin, und es gibt keinen Erwachsenen, der mit mir hingehen würde. Mama und Papa ist das zu laut und feuchtfröhlich, und Mira und Tom sind sich immer genau dann mal ausnahmsweise total einig, wenn es um mich geht: Sie würden beide lieber vier Wochen freiwillig putzen und spülen, als mich auch nur ein einziges Mal einen Tag lang im Schlepptau zu haben. Manchmal ist es echt total mistig, wenn man erst elf ist.

Umso mehr freute ich mich auf eine Woche ohne unsere Eltern. Mira und Tom würden garantiert viel zu sehr mit sich selbst beschäftigt sein, als sich um mich zu kümmern. Und ich fand die Vorstellung ziemlich cool, mal alles machen zu können, worauf ich Lust hatte: ausschlafen, so lange ich wollte. Zum Frühstück Kakao und Brötchen mit Schokocreme, abends so lange Fernsehen schauen, bis mir die Augen zufallen, Übernachtungspartys mit Freundinnen machen und so was alles.

Als Mama und Papa dann in ihren Wellness-Urlaub aufbrachen, wunderte ich mich etwas, dass sie uns nicht noch mehr mit Ermahnungen überhäuften, denn ausgerechnet in jener Woche würde das RATTAZONK stattfinden. Vielleicht hatten sie das aber auch einfach nicht wirklich auf dem Schirm, weil es eben nichts Außergewöhnliches ist. Jedenfalls hatte keine der Anweisungen, die sie auf der schwarzen Liste notiert hatten, irgendwas mit dem Festival zu tun:

- *Müll rechtzeitig rausbringen (stinkt sonst total schnell!)* (Mamas Schrift)
- *nicht zu spät ins Bett gehen, Charlie!* (Mamas Schrift)
- mein Auto stehen lassen, Mira!!! (Mama)
- *das Geld, das wir euch hingelegt haben, reicht für die Zeit, in der wir weg sind. Teilt es euch vernünftig ein! (Papas Schrift)*
- *meine Bankkarte ist nur für den absoluten* Notfall *gedacht! (*Papas Schrift. Er hatte das Wort *Notfall* dreimal unterstrichen.)

Und in dem Stil ging es noch eine Seite lang weiter.

Tja.

Dann sind sie weggefahren.

Und damit begann die unglaublichste Zeit meines Lebens.

Was um alles in der Welt ist denn *das*?

Es war am Abend des Tages, an dem Papa und Mama zurückgekehrt waren. »Wie war denn euer Urlaub?«, fragte Mira, als Mama und Papa mit Kofferausräumen fertig waren. Mira hatte in der Zwischenzeit Kaffee gekocht, und ich war zum Bäcker gelaufen, um ein paar Nussschnecken und anderes süßes Gebäck zu holen. Selbst Tom hatte sich bequemt, am Tisch zu erscheinen. Offenbar war uns allen drei klar, dass es sicherer war, die ersten Tage nur gemeinsam mit unseren Eltern zu reden. Falls einer in die falsche Richtung losplapperte und sich verriet, konnten die anderen beiden eingreifen, bevor unser sorgsam gehütetes Geheimnis ans Tageslicht kam.

Mira dachte offensichtlich, dass es am schlauesten sei, erst mal Mama und Papa von ihrer Reise erzählen zu lassen. Das war gar keine schlechte Idee, denn die beiden fingen gleich an, von ihrem Wellness-Urlaub zu schwärmen. Offensichtlich hatten sie eine richtig tolle Zeit gehabt, denn sie konnten gar nicht aufhören, von dem schönen Hotel, den Ausflügen an den See und den ganzen Sehenswürdigkeiten zu erzählen. Und sie strahlten sich dabei die ganze Zeit an, so als hätten sie sich gerade erst kennengelernt.

Ich fand es total schön, dass wir endlich alle wieder zusammen waren, und es fühlte sich fast so an wie vorher, aber dann sagte Mama: »Jetzt haben wir die ganze Zeit von uns erzählt, aber viel wichtiger ist ja: Wie war es denn hier bei euch?«

Hrmpf. Nichts, aber auch gar nichts von dem, was hier los gewesen war, *konnten, durften* oder *wollten* wir erzählen.

»Och«, sagte Tom. »Eigentlich gibt's gar nix Besonderes zu berichten.«

»Wenn es was zu erzählen gegeben hätte, dann wüsstet ihr es ja schon«, sagte Mira mit einem engelsgleichen Lächeln.

Unsere Eltern hatten nämlich fast täglich angerufen, um sich zu vergewissern, dass alles in Ordnung war. Es war gar nicht so einfach gewesen, sich nichts anmerken zu lassen, und wir hatten die Telefonate so kurz wie möglich gehalten.

»Stimmt«, sagte Papa. »Vermutlich haben wir euch unterschätzt. Ihr kommt mittlerweile offenbar wirklich sehr gut allein zurecht.«

»Auf jeden Fall!«, sagte Tom im Brustton der Überzeugung. »Wir haben euch ja gesagt, dass ihr euch auf uns verlassen könnt!«

Mama und Papa nickten sich zufrieden zu.

»Wir sind stolz auf euch!«, sagte Mama. »Das habt ihr toll gemacht!«

Ich sah meinen Geschwistern an, dass sie genauso erleichtert waren wie ich, dass unsere Eltern nichts gemerkt hatten.

Da wussten wir noch nicht, dass wir ein paar ganz entscheidende Dinge übersehen hatten.

Noch am selben Abend ging es los.

»So«, sagte Papa nach dem Abendessen. »Dann kümmere ich mich mal um die Post. Wo habt ihr sie hingelegt?«

Tom, Mira und ich sahen uns alarmiert an.

Der Briefkasten! Keiner von uns hatte daran gedacht, ihn zu leeren! Die Zeitung hatte immer außen an der Haustür gesteckt, aber die Post hatten wir nicht im Blick gehabt und komplett vergessen.

»Oh«, sagte Mira. »Die ist wohl noch im Briefkasten.«

»Na«, sagte Papa. »Wenn der Briefkasten übergelaufen wäre, hättet ihr es hoffentlich gemerkt. Wird wohl nicht so wild sein. Ich geh mal schauen.«

Ein paar Minuten später kam er mit einem Stoß Briefe zurück und begann, sie durchzusehen. Ich sah an Miras gerunzelter Stirn und Toms zusammengekniffenen Augen, dass beide fieberhaft überlegten, ob irgendetwas Verräterisches in der Post sein könnte. Und auch mir schossen alle möglichen Gedanken an die letzten Tage durch den Kopf.

»Noch ein Kaffee, mein Schatz?«, fragte Mama.

»Gern, danke«, sagte Papa.

Während Mama eingoss, zog Papa einen Umschlag hervor und öffnete ihn.

»Was will denn unsere Haftpflichtversicherung von uns?«, fragte er erstaunt.

Mir wurde heiß und kalt gleichzeitig.

Papa faltete den Brief auf und las. Mit jeder Zeile runzelte sich seine Stirn mehr, und schließlich ließ er das Blatt sinken.

»Charlie?«, sagte er. »Was ist denn das für eine Geschichte mit Lohengrin?«

Ach du Schande! DAS hatte ich komplett nicht mehr auf dem Schirm gehabt. Und das war noch eins der harmloseren Dinge, die hier passiert waren. So ein Mist!

»Das, äh«, sagte ich. »Also …«

Ich brachte kein Wort mehr heraus.

»Charlie kann nichts dafür«, sprang Mira mir bei. »Diese blöde Frau war selbst schuld. Hätte sie sich halt nicht auf die Wiese setzen sollen!«

Mama und Papa sahen sich irritiert an.

»Was um alles in der Welt redet ihr da?«, sagte Mama.

Ich schluckte. Es half nichts. Ich musste wohl oder übel damit rausrücken, was vorgefallen war.

»Okay«, sagte ich schließlich. »Aber ihr dürft nicht sauer werden, ja?«

Papa schluckte. »Also, da ihr alle gesund und munter vor uns sitzt und das Haus noch steht, gehe ich mal davon aus, dass mir mein Kaffeekeks nicht im Hals stecken bleiben wird. Oder?« Er sah uns mit hochgezogenen Augenbrauen an.

»Nein, nein«, sagte ich schnell.

»Außerdem, für so was hat man ja eine Versicherung!«, sagte Tom. »Sagst du selbst ja auch immer!«

Wow. Tom traute sich was.

»Charlie«, sagte Mama, und jetzt klang sie ein bisschen nervös. »Raus damit. Was ist passiert?«

Ich warf noch einen schnellen Blick zu Tom und Mira. Ich war mir sicher, dass wir alle daran dachten, was tatsächlich passiert war, und genau DAS konnte ich so nicht erzählen.

Die Wahrheit über die Sache mit Lohengrin

Es begann, gleich nachdem unsere Eltern in ihren Urlaub gestartet waren. Mira, Tom und ich hatten unseren Eltern nachgewinkt, bis ihr Auto um die nächste Biegung verschwunden war.

Und dann waren wir allein.

Natürlich waren wir Geschwister schon oft ohne Mama und Papa zu Hause gewesen. Wenn sie zusammen ausgingen oder so. Aber sie waren noch nie über Nacht weggeblieben. Als wir zurück ins Haus gingen, fühlte es sich richtig leer an. Es war seltsam zu wissen, dass unsere Eltern am Abend nicht nach Hause kommen würden. Tom verzog sich in sein Zimmer, und Mira schnappte sich das Telefon, vermutlich um stundenlang mit einer Freundin über ihren Fahrlehrer zu reden. Ich wusste erst nicht so recht, was ich tun sollte. Die meisten meiner Klassenkameraden waren schon in den Urlaub gefahren, nur Anna, die im Nachbarort wohnte, war noch da. Aber sie lag mit Bauchschmerzen im Bett. Das hatte sie mir vorhin geschrieben.

Ich ging in die Küche und goss mir ein Glas Kirschsaft ein. Kirschen sind mein Lieblingsobst, und hier in der Gegend gibt es viele Kirschbäume. Deswegen ist der Saft auch von hier und schmeckt besonders gut. Ich setzte mich an den Küchentisch und dachte nach, während ich trank.

Vielleicht war ja heute der richtige Tag, um die Sache mit dem Job anzugehen? Ich hatte schon eine ganze Weile vor, mir etwas Extrageld zu verdienen. Ich hätte nämlich sehr gern ein neues Handy mit einer guten Kamera. Und das ist leider nicht so billig. Meine Eltern wollen mir kein neues Handy kaufen, weil das alte noch gut funktioniert. Und mein Geburtstag ist erst im Dezember. Wenn ich nicht noch so lange warten will, muss ich mir das Extrageld dafür selbst verdienen.

Vorgestern hatte ich mit Mama in der Küche gesessen und überlegt, was es so gibt, das ein elfjähriges Mädchen tun könnte, um sein Taschengeld aufzubessern.

»Wie wäre es mit Hunde-Ausführen?«, hatte Mama vorgeschlagen. »Die Straße runter, in dem Haus mit den Rosen im Garten, Nummer 17, da wohnen die Anstettens. Die haben doch diesen großen Hund. Frag doch einfach mal bei denen nach. Die beiden sind ja auch nicht mehr die Jüngsten, vielleicht sind sie sogar ganz froh, wenn du ihnen das Gassigehen abnimmst.«

Das klang gut. Ich mag Tiere, ich bin gern draußen in der Natur, und dafür auch noch Geld zu bekommen, wäre perfekt!

Und jetzt in den Sommerferien, wo ich den ganzen Tag nichts zu tun hatte, war es eigentlich genau der richtige Zeitpunkt, die Idee in die Tat umzusetzen.

»Ich geh mal kurz zu Anstettens«, rief ich nach oben, doch keins meiner Geschwister antwortete mir.

Ich seufzte. Das konnten ja langweilige Tage werden!

Das dachte ich an jenem Vormittag jedenfalls. Da hatte ich aber noch keinen leisen Schimmer von dem, was noch alles passieren würde.

Ich spazierte also gemütlich die Straße runter und hoffte, dass es klappen würde mit dem Hunde-Ausführen. Mein Herz schlug schneller, als ich die Klingel drückte. *Karin, Jürgen und Lohengrin Anstetten* stand auf dem Schild aus buntem Ton, das über der Klingel aufgehängt war. Na, die waren ja lustig. Das klang fast so, als wäre Lohengrin ihr Sohn oder so was. Dabei ist er ein ziemlich großer, rostfarbener *Irish Setter*. Frau Anstetten öffnete die Tür gleich nach dem ersten Klingeln. Sie ist so ungefähr siebzig, hat ihre silbernen Haare immer zu einem Dutt gebunden und trägt meistens beigefarbene Kleider. An jenem Tag auch.

Sie war etwas überrascht, als sie mich sah und ich ihr erzählte, weshalb ich gekommen war.

»Nun«, sagte Frau Anstetten, »das ist eigentlich gar keine schlechte Idee.« Sie musterte mich prüfend. Als ihr Blick auf meine Beine fiel, spitzte sie nachdenklich ihre Lippen. »Aber traust du dir das denn zu?«

Mein Herz rutschte mir in den Magen. Da war es wieder. Schon wieder hielt mich jemand für schwächer als andere Kinder.

»Ja«, sagte ich fest. »Ganz bestimmt!«

Frau Anstetten schwieg eine Weile. Dann sagte sie: »Nun gut. Wir können es versuchen. Magst du Lohengrin gleich mitnehmen für eine Spazierrunde? Wenn es klappt, würde ich dir fünf Euro pro Tag zahlen.«

»Deal«, sagte ich, und Frau Anstetten hob leicht die Augenbrauen. Sie bat mich zu warten und verschwand im

Haus. Als sie mit Lohengrin zurückkam, sprang er ganz begeistert an mir hoch und wedelte mit dem Schwanz.

»Nicht so wild, Lohengrin!«, ermahnte ihn Frau Anstetten.

»Das macht nichts«, versicherte ich ihr. »Ich falle nicht einfach um.«

»Ich dachte, wegen, na ja, du weißt ja …«, begann Frau Anstetten, aber sie beendete ihren Satz nicht.

Ich versprach, Lohengrin spätestens in einer Stunde zurückzubringen, und war froh, als wir uns endlich auf den Weg machen konnten.

»Sei bitte vorsichtig!«, rief Frau Anstetten mir noch nach, als Lohengrin und ich die Einfahrt hinunter zur Straße liefen.

Ich tat, als ob ich nichts gehört hätte.

Jetzt muss ich euch wohl erst mal was erklären.

Warum Frau Anstetten so seltsam reagiert hat, als sie auf meine Beine schaute. Eigentlich nervt es ja, davon zu erzählen, weil ich erst dadurch wieder daran erinnert werde, dass ich anders aussehe als andere. Aber es ist ja irgendwie auch klar, dass jeder wissen will, wo es ist. Mein Bein, meine ich. Das rechte. Das fehlt mir nämlich. Seit vier Jahren. Deshalb trage ich auch eine Prothese.

Ich weiß noch genau, wie ich damals nach der Operation aufgewacht bin und als Erstes gefragt habe, wo sie mein Bein hingetan haben. *Das kann man doch nicht einfach wegschmeißen, so ein Bein*, hab ich gedacht und gesagt, dass es immerhin meins ist und sieben Jahre lang an mir dran war (so alt war ich nämlich, als das mit meinem Bein passiert ist), und das kann man vielleicht doch wieder annähen. Aber dann haben die Ärzte und Mama und Papa mir erklärt, dass sie das versucht haben, aber dass es leider nicht geht und dass ich auch nicht mehr gehen kann. Ich würde schon wieder richtig laufen lernen, aber erst mal musste die Wunde verheilen und eine Prothese angefertigt werden. Das würde eine Weile dauern, und selbst dann musste ich am Anfang lange mit Krücken üben.

Mama und Papa hatten geweint, das konnte ich sehen, ihre Augen waren ganz rot. Ich hab auch ein bisschen geweint, aber erst als sie weg waren und gar nicht mal, weil ich nur noch ein Bein hatte, sondern weil das andere Bein, das nicht mehr an mir dran war, mir leidtat. Am Knie war ein großer Leberfleck gewesen, der hatte ausgesehen wie ein Stern. Und am Fußknöchel war eine schmale lange Narbe gewesen, wo ich beim Baden im Meer in eine Glasscherbe getreten war. Die Narbe hatte ausgesehen wie ein Grashalm. Und da lag ich dann im Krankenhaus und weinte, weil ich den Sternenleberfleck und die Grashalmnarbe nie wiedersehen würde. Und das alles nur, weil Daniel von Simone verlassen worden war und ich unbedingt einen Kaugummi haben wollte. An jenem Donnerstag im Sommer, als der Unfall passierte, spielte ich mit Leni und Zennure auf dem Schulhof Gummitwist und kaute Kaugummi. Immer, wenn eine der beiden dran war mit Springen, machte ich Kaugummiblasen. Ich wollte eine gigantische, riesige Kaugummiblase machen, die nach Erdbeere roch, aber dafür reichten die zwei Kaugummis, die ich im Mund hatte, nicht. Also wollte ich schnell zum Kiosk auf der anderen Straßenseite, um mir noch einen Kaugummi zu kaufen, und bin vom Schulhof durchs Tor raus, obwohl wir das nicht dürfen, und über die Straße vor der Schule gelaufen, ohne vorher zu gucken, und im selben Moment schoss Daniel mit seinem roten Sportwagen heran wie der Blitz, weil seine Freundin ihn gerade verlassen hatte und er völlig außer sich war. Damals wusste ich das noch nicht, das hab ich alles erst erfahren, als Daniel mich im Krankenhaus besuchen kam. Jedenfalls hat Daniel mich erwischt, einfach so, *zackbumm*. Eben hatte ich noch Gummitwist gehüpft und Kaugummiblasen gemacht mit zwei Kaugummis, die schon fade schmeckten, und auf einmal kracht es, und alles ist dunkel, und als es wieder hell wird, heulen Mama und Papa, und mein Bein liegt im Müll. Ich wollte, dass Mama und Papa herausfinden, was mit dem Bein im Müll passiert. Erst wollten sie nicht mit mir über das verlorene Bein reden, sondern sagten die ganze Zeit, dass ich bestimmt wieder laufen lernen würde und nur an morgen denken dürfte und nicht mehr an das Bein. Aber da sagte ich, dass Mama doch immer noch an Opa denkt, obwohl der schon zwei Jahre tot ist. Da hat Mama mich verstanden und die Ärzte gefragt, was jetzt mit dem Bein passiert. Die Ärzte sagten, dass es zusammen mit anderen Sachen, die bei Operationen entsorgt werden, in einem speziellen Behälter weggebracht wird. Da hat Mama etwas Großartiges gemacht: Sie hat gefragt, ob sie ein Bild von dem Behälter machen darf. Weil der so was Ähnliches ist wie ein Sarg für mein Bein, das wichtig für mich ist. Zuerst haben die Ärzte vermutlich gedacht, Mama spinnt, aber nachdem sie die Sache mit dem Sternenleberfleck und der Grashalmnarbe erklärt hat, durfte sie das Foto machen. Und ich konnte mich so noch von meinem Bein verabschieden. Das war aber nur früher wichtig, heute nicht mehr.

Mittlerweile habe ich mich gut an Thea gewöhnt. So habe ich nämlich mein künstliches Bein genannt, weil ich das Wort *Prothese* damals ganz schön schwierig fand und dachte, dass *Thea* eine gute Abkürzung für *Prothese* ist. Es hört sich an, als wäre das künstliche Bein meine Freundin, und irgendwie ist es ja auch so. Ich finde sie cool: Sie sieht mit ihrem Metallgerüst ein bisschen aus wie aus einem Sciene-Fiction-Film und ersetzt mein fehlendes Bein so gut, dass ich den Unterschied kaum noch merke. Ich kann mit Thea gehen, laufen und Rad fahren wie alle anderen Menschen auch. Die meisten Leute bemerken Thea also gar nicht erst, wenn sie nichts von ihr wissen. Außer, ich habe kurze Hosen oder Kleider an, dann sieht man Thea natürlich.

Trotzdem ist das Leben mit Thea anders als vorher, weil die Leute oft unsicher sind, wenn sie Thea sehen, und mir nichts zutrauen. So wie Frau Anstetten an dem Tag, als ich Lohengrin zum Gassigehen abholte. Ich weiß, dass die meisten Menschen es nicht böse meinen. Sie wissen ja nicht, dass ich mit Thea super klarkomme. Aber ich kriege oft eine Wut im Bauch und bin traurig, weil ich nicht ständig beweisen will, dass ich genauso viel kann wie alle anderen, nur weil ein Stück von mir aus Metall statt Knochen besteht. Deswegen hatte mich Frau Anstettens Bemerkung auch so getroffen.

Als Lohengrin und ich die Straße erreichten, wedelte er mit dem Schwanz und sah mich erwartungsvoll an. Das ist einer der Gründe, weswegen ich Tiere so gern mag:

Ihnen ist es ganz egal, wie man aussieht oder wie alt man ist oder ob man zwei gesunde Beine hat oder nur eins. Sie mögen und vertrauen einem immer, wenn man es gut mit ihnen meint.

»Na komm«, sagte ich und stapfte auf dem Bürgersteig Richtung Ortsausgang. Von hier aus war das gar nicht mehr weit.

Als wir das Ortsschild passierten und auf den Spazierweg entlang der Landstraße wechselten, sprang Lohengrin unternehmungslustig an mir vorbei und drehte sich auf dem Kiesweg im Kreis, dass es nur so knirschte. Anscheinend freute er sich tierisch auf unseren kleinen Ausflug.

Zuerst lief auch alles glatt.

Ich schlug an der ersten Abzweigung den Weg zum See ein, und Lohengrin lief brav neben mir her. Ab und an blieb er stehen, wenn er ein Geräusch hörte. Dann rannte er ein Stück in die Richtung, aus der das Geräusch kam, blieb aber stehen, sobald sich die Leine straffte.

»Zurück, Lohengrin«, rief ich, und er gehorchte sofort.

Wir spazierten also gemütlich auf dem Feldweg entlang, der hinaus aus dem Dorf an den Kuhweiden vorbeiführt.

Nach einer Viertelstunde ungefähr kommt man an einen See, der ziemlich hübsch zwischen Laubbäumen inmitten einer Blumenwiese liegt. Da darf man auch baden, deswegen ist er im Sommer immer gut besucht. Ein breiter Weg führt drum herum, und ich fand, das wäre ein prima Ziel für den ersten Gassigang mit Lohengrin.

Je näher wir dem See kamen, desto neugieriger wurde Lohengrin. Ich war ziemlich unsicher, was ich tun sollte, wenn Leute mit Hunden auftauchen würden. Ich hatte schon öfter gesehen, dass Spaziergänger mit Hunden stehen bleiben und die Hunde sich beschnüffeln lassen. Die meisten sind ganz friedlich miteinander, aber ich hatte auch schon ganz andere Begegnungen gesehen, bei denen sich die Hunde anknurrten und man sie zurückhalten musste, damit sie sich nicht bissen. Während ich in Gedanken versunken war, sprang plötzlich ein großer, hellbrauner Mischling auf uns zu. Lohengrin zog nach vorne, und ich musste mich mit all meiner Kraft dagegenstemmen, um nicht hinzufliegen, während ich gleichzeitig versuchte, ihn festzuhalten.

»Bleib stehen, Lohengrin!«, rief ich. Frau Anstetten hatte gesagt, er würde aufs Wort hören. Sie hatte es mir sogar vorgemacht: Sitz, Pfötchen, Halt. Bei ihr hatte er brav gehört. Vielleicht hätte sie es MICH mal probieren lassen sollen. Jetzt jedenfalls hörte Lohengrin ganz und gar nicht, sondern ließ nicht locker, bis meine Arme müde waren und er dem anderen Hund nahe genug war, um ihn zu beschnuppern. Dessen Besitzerin, eine junge Frau, lachte bloß unbekümmert.

»Der Joschi tut keinem was!«, sagte sie ganz entspannt und zeigte auf ihren Hund, der Lohengrin ebenfalls interessiert und gründlich beschnüffelte. Danach lief Lohengrin wieder ganz brav neben mir her, und ich war erleichtert, dass alles gut gegangen war. Überhaupt schien Lohengrin ziemlich pflegeleicht zu sein. Er schnupperte ab und zu mal hier, mal da, aber er ließ sich gut an der Leine führen und war eigentlich ganz friedlich. Bis zu dem fatalen Moment, als wir schon die Hälfte des Badesees umrundet hatten. Wir gingen gerade durch eine von Buchen umrundete Lichtung, wo es nicht mehr so voll und schön schattig war, als Lohengrin stehen blieb.

Er hatte offenbar das gleiche Rascheln gehört wie ich. Es kam von einem niedlichen, goldbraunen Eichhörnchen, das in der Wiese saß und sich die Pfötchen putzte. Lohengrin wurde unruhig und zerrte an der Leine. »Sitz, Lohengrin!«, sagte ich energisch, aber Lohengrin hörte nicht im Mindesten. Er leckte sich übers Maul.

Das Eichhörnchen reckte blitzartig seinen Kopf, entdeckte Lohengrin und sprang von einer Sekunde auf die andere plötzlich auf und davon, so schnell es konnte.

Und Lohengrin hinterher.

»Halt!«, brüllte ich, aber ich hatte keine Chance. Er rannte einfach so los, aus dem Stand, und jagte wie ein Blitz über die Wiese. Ich flog volle Kanne hin, weil ich versuchte, die Leine festzuhalten, aber Lohengrin war viel zu stark für mich. Ich musste die Leine loslassen, wenn ich nicht hinter ihm hergeschleift werden wollte.

»Mist, verdammter!«, rief ich, stand auf und klopfte mir den Schmutz von der Hose. »Lohengrin! Komm SOFORT zurück!« Der dachte nicht dran.

Er fegte weiter über die Wiese, und ich sah zu spät, dass genau in der Mitte ein paar Damen saßen, die es sich für ein Picknick auf Sitzkissen bequem gemacht hatten. Zwischen sich hatten sie eine Decke ausgebreitet, auf der eine Menge Schüsseln, Teller und Becher mit Getränken standen.

Mein Herz blieb beinahe stehen, als Lohengrin genau darauf Kurs hielt.

Ich war starr vor Schreck.

Und dann raste Lohengrin mittendurch.

Die Damen fuhren erschrocken hoch, als der Hund quer über die Decke schoss und mit den Pfoten in ihren Tellern landete. Die Teller flogen zur Seite, Schüsseln flogen durch die Luft, die Becher kippten um, und ihr Inhalt ergoss sich über das ganze Chaos.

Lohengrin war schon längst weg, er raste weiter, bis er unter dem Baum angekommen war, auf den das Eichhörnchen geflüchtet war. Es saß stocksteif auf einem der oberen Äste und schaute panisch zu Lohengrin hinunter, der aus Leibeskräften bellte und am Stamm hochsprang.

»Das ist ja wohl die Höhe!«, rief eine der Damen und wischte auf ihrem Kleid herum. Vermutlich war Essen darauf gelandet und hatte Flecken hinterlassen. Eine andere Frau schrie »Verdammtes Mistviech!« und schaufelte etwas, das nach Nudelsalat aussah, von der Wiese in einen Behälter.

Ich humpelte Lohengrin hinterher. Mein linkes Bein, also das echte, tat bei jedem Schritt weh. Ich hatte mir das Knie aufgeschürft, und das Blut floss mein Schienbein hinunter.

»Lohengrin, jetzt gib's doch auf, du dummer Hund!«, brüllte ich in seine Richtung. Er achtete nicht auf mich und sprang weiter am Baum hoch.

»Kannst du denn nicht auf deinen Hund aufpassen?«, fuhr mich eine der Frauen an, als ich mich der Picknickdecke näherte. »Du hast doch gesehen, dass wir hier essen!«

»Es tut mir leid«, sagte ich. »Wirklich! Er ist einfach weggerannt, als er das Eichhörnchen gesehen hat. Ich konnte nichts dagegen tun!«

Die Frau, deren Kleid beschmutzt worden war, sah mich vorwurfsvoll an und sagte: »Wenn du zu schwach bist für den Hund, dann darfst du eben nicht mit ihm Gassi gehen! Wo sind überhaupt deine Eltern?«

»Meine Eltern sind nicht da!«, sagte ich. »Ich bin alleine unterwegs.«

»So was!«, empörte sich eine dritte. »Ein Kind alleine mit einem großen Hund losschicken!« Sie musterte mich von oben bis unten, und dann schien ihr Blick festzufrieren. Sie schaute direkt auf meine Prothese. Es war warm, und ich trug Bermudashorts. Theas Metallgerüst war deutlich zu sehen.

»Und dann noch SO ein Kind!«, sagte sie entsetzt.

»Was soll das denn heißen, SO ein Kind?«, fragte ich. »Ich kann sehr gut mit Thea laufen! Also, mit meiner Prothese, meine ich. Die habe ich nämlich schon lange!«

»Ach Gott, du Armes!«, flötete die Erste. »Das ist ja tragisch!« Dann kniff sie die Augen zusammen. »Aber das geht doch erst recht nicht! Du dürfest gar nicht alleine mit dem Tier Gassi gehen! Unmöglich ist das!«

Ich merkte, wie zum zweiten Mal an diesem Tag die Wut in mir aufstieg. Ich *hasse* es, wenn Leute sagen, ich könne dies oder das nicht tun, nur weil ich eine Prothese habe. Und außerdem hatte das hier damit überhaupt nichts zu tun! Das wäre auch mit zwei normalen Beinen passiert! Allerdings war es ja nun mal so, dass Lohengrin einen Schaden angerichtet hatte und ich dafür geradestehen musste, auch wenn es nichts mit Thea zu tun hatte. Ich schluckte meine Wut hinunter und sagte: »Es tut mir leid. Ich gebe ihnen meine Telefonnummer, wir klären das mit der Versicherung!« Jetzt kam es mir zugute, dass Papa bei einer Versicherung arbeitet. Ich wusste, dass man so einen Vorfall darüber regelt, und die Damen sahen recht beeindruckt aus.

»Aber erst mal sammle ich meinen Hund ein!« Ich hatte keine Lust zu beichten, dass es nicht mal mein Hund war. Sonst hätten die Damen am Ende noch bei Frau Anstetten angerufen und sich beschwert. Das wäre das Ende meines Jobs gewesen, und das wollte ich keinesfalls. Ich ging zu Lohengrin, der sich mittlerweile beruhigt hatte. Das Eichhörnchen war im Blattwerk verschwunden, und er ließ sich bereitwillig an der Leine von mir zurückführen.

»Okay«, sagte die eine Dame, als ich zurückkam, und zückte ihr Handy. »Wie ist die Nummer deiner Eltern?« Ich gab ihr meinen Namen und unsere Telefonnummer vom Festnetz zu Hause. Meine Eltern waren ja nicht da, und Tom und Mira würden sowieso nicht ans Festnetztelefon gehen.

»Moment mal!«, sagte eine der Frauen und kniff die Augen zusammen, während sie Lohengrin anstarrte. »Dich hab ich doch schon mal gesehen!« Mistmistmist.

Ich hätte es ahnen können. In unserer Gegend kennt man sich einfach, auch wenn man nicht im selben Dorf wohnt.

»Hast du nicht vorhin *Lohengrin* gesagt?!«, rief sie triumphierend. »Wusste ich's doch! Das ist der Hund von Anstettens, oder nicht?«

Ich schluckte. »Äh, ja«, sagte ich.

»Na, der werde ich was erzählen!«, sagte die Dame entrüstet. »Wir spielen Skat im gleichen Verein! Wie kann sie bloß auf die Idee kommen, ihren großen Hund einem kleinen, behinderten Mädchen zu geben!«

»Ich bin nicht behindert!«, rief ich. »Ich komme sehr gut klar!«

»*Das* hat man ja gesehen«, sagte die zweite Dame mit einem herablassenden Blick. »Nenn es, wie du willst. Bezahlen musst du den Schaden leider. Oder Frau Anstetten. Wer, ist mir egal. Aber die Reinigung für unsere Sachen muss übernommen werden, das ist klar!«

Ich merkte, wie Tränen in mir aufstiegen. Bloß nicht losheulen vor diesen fiesen Wachteln! »Wir werden uns darum kümmern, verlassen Sie sich drauf!«, sagte ich so hochmütig, wie ich konnte. Dann drehte ich mich um und ging mit Lohengrin den Weg zurück, den wir gekommen waren. Ich war froh, dass niemand meine Tränen gesehen hatte, die mir jetzt die Wangen hinabliefen. Ich wollte solche Leute nicht merken lassen, dass mich ihre Worte verletzen. Als ich bei Anstettens klingelte, um Lohengrin abzugeben, wusste Frau Anstetten schon Bescheid. Wahrscheinlich hatte ihre Kartenspiel-Freundin sie schon angerufen.

»Ich hätte dir Lohengrin nicht geben dürfen, ohne erst mal mit dir mitzugehen«, sagte Frau Anstetten bekümmert zur Begrüßung.

Ich spürte, wie in meinem Magen ein dicker Kloß entstand. Mehr als ihre Worte traf mich ihr Blick. Es war so eine Mischung aus Mitleid und *Ich-hab's-ja-gewusst.*

»Es tut mir wirklich leid«, sagte ich.

»Na ja«, sagte Frau Anstetten. »Es ist ja glücklicherweise nur ein Sachschaden entstanden. Aber du wirst verstehen, dass ich unter diesen Umständen doch lieber selbst wieder mit Lohengrin Gassi gehe.«

Nein, das verstehe ich nicht!, hätte ich am liebsten gebrüllt. *Das hätte jedem passieren können, und es hat nichts, aber absolut gar nichts mit Thea zu tun!*

Stattdessen sagte ich nichts und nickte.

Was sollte ich auch machen. Es war einfach blöd gelaufen, und man konnte es nicht rückgängig machen.

»Tschüs, Lohengrin«, sagte ich und streichelte ihm über den Kopf.

»Vielleicht probieren wir es nächstes Jahr noch einmal, ja?«, sagte Frau Anstetten und sah mich mitleidig an.

»Ja, okay«, sagte ich und machte mich auf den Heimweg, während Frau Anstetten mit Lohengrin im Haus verschwand und die Tür hinter ihnen schloss.

Zum zweiten Mal in einer halben Stunde liefen mir Tränen über die Wangen. Es war einfach alles so ungerecht!

Also, das war so …

Ich erzählte Mama und Papa so ungefähr die Hälfte von dem, was ich euch jetzt erzählt habe. Ich ließ so ziemlich alles weg, was mich traurig gemacht hatte. Stattdessen schmückte ich die Geschichte, wie Lohengrin über die Picknickdecke geschossen war, ordentlich aus. Ich liebe es, Geschichten zu erzählen. Und wenn man was erzählt, das man erlebt hat, kann man ruhig ein bisschen übertreiben, finde ich. Denn das Wichtigste ist, dass die Leute, die die Geschichte zu hören bekommen, sich nicht langweilen. Und das hatte ich geschafft. Mama und Papa langweilten sich ganz und gar nicht.

»Und die Ketchupflasche ist wirklich explodiert?«, fragte Mama schockiert.

»Alle waren von Kopf bis Fuß voll mit Ketchup!«, sagte ich, zufrieden mit meiner Version.

»Kein Wunder, dass die Damen die Reinigung bezahlt haben wollen!«, sagte Papa. »Und wenn eine sogar einen Schock erlitten hat…«

Moment mal! *Schock?*

»Die hatte keinen Schock!«, rief ich. »Die war einfach sauer und empfindlich!«

»Na, also bitte«, sagte Mama. »Wenn der Hund laut bellend nur Zentimeter von ihrem Gesicht entfernt stehen bleibt, um dann weiterzurennen und die Ketchupflasche dabei hochzujagen, dann ist doch klar, dass sie fix und fertig ist!«

Mhm. Das hatte ich nicht bedacht bei meiner Erzählung.

Es ist wohl gut, eine Geschichte auszuschmücken, wenn man die Zuhörer *unterhalten* will. Wenn man sie zu *beruhigen* versucht, ist das vermutlich genau der falsche Weg.

»Eigentlich war es überhaupt gar nicht so schlimm«, ruderte ich zurück. »Lohengrin ist ganz lieb, er war nur hinter dem Eichhörnchen her! Und er ist einfach über die Decke gerannt, sonst nichts.«

»Ja, was denn nun?«, fragte Papa verwirrt. »Hat die Dame nun einen Grund zur Beschwerde oder nicht?«

»Lohengrin hat das Essen umgeworfen«, sagte ich. »Und ihr Kleid war schmutzig. Aber mehr auch nicht! Einen Schock hatte die garantiert nicht!«

Meine Eltern sahen nicht überzeugt aus.

»Ich weiß ja nicht, was deinem Talent für Geschichten zuzuschreiben ist und was wirklich passiert ist«, sagte Mama. »Aber so oder so wird unsere Versicherung für den Schaden aufkommen müssen. Andernfalls, wenn es nicht zu teuer ist, zahlen wir es selbst.« Sie seufzte.

»Hätte mich auch gewundert, wenn hier während unserer Abwesenheit alles glattgelaufen wäre«, sagte Papa. »Da bin ich ja fast froh, dass es so etwas relativ Harmloses war! Kleidung kann man ersetzen, und es ist ja nichts Schlimmes passiert.« Er zwinkerte uns zu. Das Thema schien vom Tisch zu sein.

Tom, Mira und ich sahen uns erleichtert an. Für jetzt hatten wir erst mal Ruhe. Jetzt mussten wir nur hoffen, dass unsere Eltern nicht herausfanden, was danach noch alles passiert war.

Was um alles in der Welt ist denn *das*?

Eine Stunde später klopfte es an meiner Zimmertür.

»Charlie?«, sagte Mama.

»Komm ruhig rein«, sagte ich. Ich lag auf dem Bett und las.

»Hallo«, sagte Mama und lächelte. »Schau mal, das hier lag im Drucker. Weißt du, was das sein soll? Ich wollte die beiden Großen fragen, aber die sind nicht da.«

Sie hielt mir ein bedrucktes Papier hin. Es schien irgendeine Aufstellung mit Zahlen zu sein. Mama setzte sich zu mir, und ich nahm ihr das Blatt aus der Hand. Ich studierte es genau, und als ich verstand, was es war, wurde mir heiß und kalt zugleich. Ich merkte, wie Panik in mir hochstieg, und ich hatte absolut keine Ahnung, was ich Mama erzählen sollte. Die Wahrheit durfte es auf gar keinen Fall sein, und etwas anderes fiel mir nicht ein. Mein Kopf war vor Schreck wie leer gefegt.

Die Wahrheit über die Sache mit dem Extrageld

Als ich nach dem Lohengrin-Desaster nach Hause kam, saß Mira in der Küche und aß ein Stück Kuchen.

»Was ist denn mit *dir* los?«, fragte sie, als ich mich deprimiert auf den erstbesten Stuhl sinken ließ.

Ich hatte absolut keine Lust, Mira von der Sache mit Lohengrin zu erzählen. Auf kluge Sprüche konnte ich jetzt wirklich verzichten. Aber allein sein wollte ich jetzt auch nicht.

»Na komm schon«, sagte sie, »mir kannst du es doch sagen. Mama und Papa sind nicht da, und ich hab Zeit.« Oha. So freundlich war Mira seit Wochen nicht gewesen.

Ich merkte, dass ich tatsächlich jemanden zum Reden brauchte. »Okay«, sagte ich also und begann zu erzählen, was passiert war.

»Was für eine blöde Gans!«, rief Mira empört, als ich berichtete, was die Frau mit dem Kleid wegen meines künstlichen Beins gesagt hatte. »Das hätte doch echt jedem passieren können! Soll sie sich halt nicht mitten in die Wiese setzen zum Essen und noch ein feines Kleid dazu anziehen!«

Ich fühlte mich gleich besser. Ich hatte nicht erwartet, dass Mira mich verstehen würde, und es tat richtig gut, wie sie sich mit mir zusammen aufregte. Ich merkte, wie die Traurigkeit verflog und meine Energie zurückkam.

»Finde ich auch!«, rief ich. »Aber meinen Job bin ich trotzdem los. So ein Mist!« Ich schnaubte. »Es ist so ungerecht! Und wie soll ich jetzt Extrageld verdienen? In diesem Kaff hier gibt's ja keine Jobs!«

»Wem sagst du das!«, stimmte Mira mir zu. »Ich könnte auch ein bisschen Extrageld gebrauchen.« Sie rieb sich an der Nase.

Ich wurde misstrauisch. Wenn Mira sich die Nase reibt, stimmt nämlich meistens was nicht.

»Wozu brauchst *du* denn Extrageld?«, fragte ich.

»Geht dich nichts an«, sagte Mira.

Aha. Das klang wieder so, wie ich es von ihr gewohnt war.

»Sorry«, sagte ich und rollte mit den Augen. »Ich hab's nur gut gemeint. Ich dachte, wir sitzen im selben Boot!«

Mira schaute mich von der Seite an. Eine Haarsträhne löste sich und fiel ihr in die Augen, und plötzlich sah meine große Schwester ziemlich unglücklich aus.

»Sag niemandem was, okay?«, sagte sie und holte tief Luft. »Es ist so … Ich brauch noch ein paar Fahrstunden mehr, sonst schaff ich die Führerscheinprüfung nicht.«

Das wunderte mich nicht im Geringsten. Ich habe euch ja schon erzählt, dass Miras Fahrkünste nicht mal für den Autoscooter auf dem Jahrmarkt reichen, aber ich verkniff mir jede Bemerkung. Schließlich war Mira gerade auch nett zu mir gewesen.

»Mist«, sagte ich und gab mir Mühe, möglichst mitfühlend zu klingen. »Ist so was teuer?«

»Das kannst du glauben«, sagte Mira düster. »32 Euro pro Fahrstunde, und die Sonderstunden kosten 43 Euro. Also, nachts und so.«

»Und Papa und Mama bezahlen das nicht?«, fragte ich.

»Zwanzig Stunden und die Prüfungsgebühr. Papa hat gesagt, wenn ich mehr Stunden bräuchte, müsste ich die selber zahlen. Und dabei hat er gelacht, als hätte er einen supergenialen Witz gemacht.« Mira schnaubte resigniert.

»Mein Fahrlehrer sagt, ich brauch noch mindestens zehn Stunden, wenn er mich guten Gewissens auf die Straße loslassen will.«

»Oh«, sagte ich. »Das ist ja superviel Geld! Hast du denn gar nichts mehr?« Mira schüttelte den Kopf.

»Ich hab gedacht, ich komm mit den Stunden hin, die Mama und Papa zahlen.«

»Tja«, sagte ich. »Dann brauchen wir also beide eine ganze Menge Kohle. Bloß, wo kriegen wir die her?«

»Keine Ahnung«, seufzte Mira.

Die Haustür klappte. »Hi«, rief Tom. »Jemand zu Hause?«

»Küche«, brüllte Mira.

Einwortsätze waren zurzeit sehr beliebt bei ihr, wenn sie keine Lust auf ein Gespräch hatte. Das, was sie an Worten sparte, packte sie dann an Lautstärke drauf. Offenbar wollte sie Tom vergraulen, aber der merkte nichts. Oder er ließ sich nicht davon abschrecken. So oder so hatte Miras Wildschweingegrunze nicht den gewünschten Effekt.

Tom kam in die Küche, ging zielstrebig zum Kühlschrank, holte sich eine Flasche Malzbier und setzte sich zu uns. Er schob den Stuhl so weit nach hinten, dass er gemütlich die Beine ausstrecken und die Füße auf dem Tisch ablegen konnte, dann öffnete er die Flasche und nahm einen großen Schluck.

»Ey, du Ferkel!«, fauchte Mira ihn an. »Nimm deine Käselatschen vom Tisch!«

»Mach dich mal locker«, sagte Tom unbeeindruckt. »Seit wann spielst du dich denn hier als Oberschwester auf?«

»Penner«, fauchte Mira.

Ich verdrehte innerlich die Augen. Tom und Mira tun immer so erwachsen, aber sie verhalten sich manchmal gar nicht so viel anders als die Jungs in meiner Klasse. Die sind zwar natürlich genauso alt wie ich, aber sie benehmen sich so albern, dass man mit ihnen kein vernünftiges Wort wechseln kann.

»Was essen wir eigentlich heute Abend?«, fragte Tom.

»Was weiß denn ich«, raunzte Mira. »Bin ich deine Köchin?«

»Gott sei Dank nicht!«, sagte Tom.

Mira lief dunkelrot an.

»Pizza«, rief ich, bevor sich die beiden noch mehr in die Haare kriegten.

»Klingt gut«, sagte Tom. »Guck mal nach, ob noch welche da ist.«

Eigentlich hätte er genauso gut selbst nachschauen können, aber ich hatte keine Lust zu streiten und ging ohne weiteren Protest zum Eisschrank. Es war immer klug, die großen Geschwister bei Laune zu halten.

»Nee, ist nix mehr da!«, sagte ich, nachdem ich den Inhalt des Gefrierfachs geprüft hatte. »Aber es gibt noch 'ne Menge Tiefkühlgemüse!«

Vermutlich dachte Mama, dass wir lieber das vorhandene Gemüse essen würden, als extra Pizza kaufen zu gehen. Da hatte sie sich aber getäuscht. Wenn es ums Essen geht, hat Tom nämlich eine geradezu brillante Cleverness. In der Schule fehlt sie ihm allerdings meistens.

»Bring mal die Flyer vom Pizzadienst mit«, sagte Tom und deutete auf die Prospekte, die im Regal mit den Kochbüchern lagen. »Bitte!«, fügte er hinzu, als er meinen Blick sah.

Wir suchten nacheinander aus, was wir essen wollten. Ich entschied mich für eine Pizza Tonno mit extra Knoblauch.

Als Tom beim Italiener anrief, um die Bestellung aufzugeben, bestellte er noch einen Sechserpack Cola mit.

»Bist du bescheuert?«, fuhr Mira ihn an. »Die Getränke sind dort sauteuer! Und dann gleich sechs Flaschen!«

»Willst DU Colakisten vom Supermarkt herschleppen?«, fragte Tom. »Dann nur zu! Mit dem Auto kannst du sie ja leider nicht holen. Dafür reichen deine Fahrkünste definitiv nicht aus.«

Mira stand auf, rauschte aus der Küche und knallte die Tür hinter sich zu. Tom grinste.

»Ich weiß nicht, was es da zu grinsen gibt«, sagte ich. »Du hättest sie nicht so ärgern müssen!«

»Selber schuld«, sagte Tom mitleidlos. »Wenn sie zu doof ist, sich zu merken, wo das Gas- und wo das Bremspedal ist, kann man ihr auch nicht helfen. Man traut sich ja nicht mehr auf die Straße, wenn die unterwegs ist. Aber da muss man sich wohl keine Sorgen machen. So wie die fährt, besteht sie die Prüfung eh nicht.«

»Andererseits«, sagte ich. »Wenn Mira den Führerschein hätte, könnte sie jetzt für uns alle einkaufen fahren.«

Mama und Papa hatten natürlich die Vorräte aufgefüllt, aber so was wie Cola und Pizza hatten sie nicht eingekauft.

Tom selbst hatte keine Lust darauf, den Führerschein zu machen. Er hatte ein Mofa, und er meinte, das reiche ihm vollkommen. Aber Getränkekisten kaufen ging damit natürlich nicht. »Stimmt«, sagte Tom. »Aber so oft sind Mama und Papa ja nicht weg.«

»Noch nicht«, sagte ich. »Wenn sie merken, dass wir hier ganz gut ohne sie zurechtkommen, machen sie das vielleicht öfter. Und wir haben dann immer sturmfrei.«

»Gar nicht so dumm, Charlie«, sagte Tom anerkennend.

Als es gleich darauf klingelte, war das tatsächlich schon der Pizzalieferant. In unserem kleinen Ort gibt es nur zwei Lieferdienste. Und die brauchen von ihren Restaurants aus maximal fünf Minuten, egal, in welche Richtung sie fahren.

Ich half Tom, die Sachen in die Küche zu bringen, und rief Mira zum Essen.

»Scheiße, ist das teuer!«, sagte Tom, als er bezahlt hatte. »Drei Pizzen und das bisschen Cola für fast vierzig Euro! Wie sollen wir denn die Woche überleben? Mama und Papa haben uns nur hundertfünfzig Euro dagelassen, und jetzt ist schon die Hälfte weg!«

Ich weiß nicht, ob er absichtlich übertrieb oder falsch gerechnet hatte, aber fast ein Drittel unseres Wochengeldes war jedenfalls jetzt schon futsch.

»Hab ich doch gesagt. Die Cola war 'ne Schnapsidee!«, ließ Mira vernehmen, die sich mittlerweile bequemt hatte, zu uns in die Küche zu kommen. Egal, wie schlecht sie drauf ist: Wenn es Essen gibt, ist sie dabei.

»Ja, ist ja gut«, sagte Tom. »Du hattest recht, okay? Wenn

du eine gute Idee hast, wie wir die Woche mit so wenig Kohle überleben sollen, lass es mich nur wissen.«

Wir saßen eine Weile schweigend am Tisch.

»Oder umgekehrt«, sagte ich langsam. »Statt zu überlegen, wie wir sparen können, sollten wir vielleicht darüber nachdenken, wie wir zu Geld kommen.« Ich zwinkerte Mira zu.

»Das wäre natürlich noch besser«, sagte Tom. »Bloß, wie soll das gehen?«

Darauf hatte erst mal keiner eine Antwort. Nach dem Essen räumten wir gemeinsam das Geschirr in die Spülmaschine und beschlossen, noch einen Film im Wohnzimmer zu schauen. Erst gab es Stress, weil Mira und Tom einen Horrorfilm schauen wollten und fanden, ich sei zu klein dafür. Das fand ich nicht, aber sie ließen sich nicht überzeugen. Schließlich suchten wir gemeinsam einen Film aus, der für uns alle passte: *Ferris macht blau*. Der Film ist schon uralt, Mama und Papa haben den in ihrer Jugend schon gesehen, aber er ist unheimlich witzig, und wir schauen ihn jedes Jahr alle gemeinsam zu Weihnachten. Jetzt war zwar Sommer, aber trotzdem machte es Spaß. Auch wenn es seltsam war, ihn ohne Mama und Papa zu schauen.

»Kann ich bei dir schlafen?«, fragte ich Mira, als der Film zu Ende war. Ich war zweimal eingenickt und richtig müde. Aber irgendwie wollte ich nicht allein in meinem Zimmer sein, und Mira hat in ihrem Zimmer außer dem Bett auch noch eine Couch, die man zum Schlafen ausklappen kann.

Früher hatten da ihre Schulfreundinnen übernachtet, aber seit einer ganzen Weile hatte Mira keinen Übernachtungsbesuch mehr gehabt. »Für so was bin ich zu alt«, hatte sie behauptet. Aber jetzt war es gut, dass die Schlafcouch noch da war.

»Okay, Kröte«, sagte Mira und fuhr mir über die Haare. Sie trug sogar mein Bettzeug rüber und deckte mich zu, als ich mich hinlegte. Manchmal kann sie echt nett sein.

Wir unterhielten uns noch ein bisschen vorm Einschlafen darüber, wie man wohl möglichst schnell ein bisschen Extrageld verdienen könnte, aber uns fiel einfach nichts ein. Als Mira das Licht löschte, fragte ich mich, ob ich überhaupt würde einschlafen können, ohne Mama und Papa im Haus. Und über diesem Gedanken fielen mir die Augen zu.

Und dann, am nächsten Morgen, hatte ich die rettende Idee.

Ich war früh wach und nahm mir zehn Euro aus dem Wochentopf, um Brötchen holen zu gehen. Das machen wir am Wochenende immer so, abwechselnd gehen Tom, Mira oder ich. Jetzt war ich sowieso wach, und ich wollte unbedingt einen leckeren Hefekranz mit Zuckerguss kaufen. Mira war jetzt ja auf dem Spartrip, und Tom würde sich bestimmt nicht trauen, mehr Geld auszugeben als nötig, wo er gestern schon ein Drittel unseres Geldvorrats verballert hatte. Wenn ich freiwillig zum Bäcker ging, hatte ich freie Bahn.

Als ich zurückkam, den Duft des noch warmen Hefekranzes in der Nase, steckte die Zeitung schon an der

Haustür, und ich nahm sie mit rein. Das ist so eine regionale Tageszeitung, da stehen hauptsächlich Sachen drin, die bei uns in der Gegend passieren. Auf der Titelseite stand heute: FÄLLT DAS RATTAZONK INS WASSER? Das klang spannend, und so beschloss ich, den Bericht zu lesen, während ich schon mal das erste Stück Hefekranz mit Schokocreme aß.

Ich habe euch ja schon erzählt, dass in unserem Ort jedes Jahr in der ersten Augustwoche ein riesiges Rock-Festival stattfindet, das RATTAZONK eben. Da reisen ungefähr fünfzig Bands an. Manche sind richtig berühmt, andere noch nicht so. Die spielen dann ein paar Tage lang von morgens bis spät in die Nacht auf verschiedenen Bühnen. Die Besucher kommen von überall her: aus ganz Deutschland, aber auch aus anderen Ländern. Letztes Jahr waren mehr als sechzigtausend Leute da. Irre, oder? Das sind sechzigmal so viel Leute, wie unser Ort Einwohner hat! Die meisten Besucher übernachten auf dem gigantischen Zeltplatz neben dem Festivalgelände. Wir haben ja nur eine einzige Pension im Ort, weil sich das sonst nicht lohnt. Im ganzen Rest des Jahres verirrt sich kaum jemand hierher. Normalerweise funktionierte das immer gut mit der Zeltwiese, aber in dem Artikel stand, dass die Zeltwiese nach dem vielen Regen in der letzten Zeit immer noch nicht trocken war und dass es ganz schön unbequem sein würde, dort zu übernachten.

Und wenn man nicht bereit war, das sauteure Hotel im Nachbarort zu zahlen, das eine halbe Stunde Fußmarsch vom Festival entfernt war und sowieso nur wenige Gästezimmer hatte, würde man keine angenehme Übernachtungsmöglichkeit haben.

Und genau da machte es klick.

Wir hatten ein Haus.

Ein zurzeit fast leeres Haus.

Wenn Mira, Tom und ich zusammenrückten, konnten wir hier ein paar Leute unterbringen.

Leute, die Geld dafür bezahlen würden, bei uns zu übernachten.

Geld, das wir sehr gut gebrauchen konnten!

Ich konnte es kaum abwarten, bis meine Geschwister schließlich zum Frühstück kamen.

Erst meckerte Mira, weil ich doch einen Hefekranz gekauft hatte.

»Jetzt warte doch mal«, sagte ich. »Der ist zur Feier des Tages!«

»Was gibt's denn zu feiern?«, fragte Tom interessiert.

»Ich weiß jetzt, wo wir unser Extrageld herkriegen!«, verkündete ich und erzählte, was ich mir ausgedacht hatte.

»Was?«, fragte Mira und ließ das Brotmesser fallen, mit dem sie sich gerade ein Stück vom Hefekranz abschneiden wollte. Es verfehlte nur ganz knapp ihren rechten Fuß, der in offenen Sandalen steckte.

»Das ist doch DIE Idee«, sagte Tom und nickte mir anerkennend zu.

»Spinnt ihr jetzt komplett?«, sagte Mira und schaute von einem zum anderen.

»Wieso denn?«, fragte ich. »Das ist doch total leicht verdientes Geld!«

»Absolut«, pflichtete Tom mir bei und nahm einen Schluck Kaffee. Er verzog das Gesicht, setzte aber schnell wieder eine lässige Miene auf. Als ob niemand merken würde, dass ihm der Kaffee gar nicht schmeckte! Mira macht neuerdings eine ähnliche Show und trinkt jeden Morgen Kaffee, obwohl man genau sieht, dass sie ihn nur schwer hinunterbekommt. Vermutlich wollen die beiden so erwachsen wie möglich wirken. So was Albernes!

»Wir können doch nicht einfach wildfremde Leute hier reinlassen!«, sagte Mira entsetzt.

»Und warum nicht?«, fragte Tom. »Wir sind ja zu dritt. Und die Leute, die zum Festival kommen, sind ganz normale Menschen. Die wollen halt irgendwo pennen, wo es trocken ist. Und hier ist es trocken!« Er zeigte vage in der Gegend herum.

»Außerdem fragen WIR ja DIE, ob sie hier übernachten wollen«, sagte ich. »Da kann man wohl nicht behaupten, dass das das Gleiche wäre, wie wenn jemand Fremdes UNS überreden will, mit IHM mitzugehen.« Mama und Papa hatten uns nämlich immer wieder eingetrichtert, dass wir nie mit Fremden mitgehen dürften. Aber das hier war ja eine ganz andere Sache!

Mira hob das Messer auf und begann, großzügig bemessene Stücke vom Hefekranz abzuschneiden.

»So gesehen habt ihr recht«, gab sie zu. »Vorausgesetzt, wir alle entscheiden gemeinsam, wer hier reinkommt.«

»Klar«, sagte Tom.

»Mhm«, meinte Mira nach einer Weile, in der eine gefräßige Stille geherrscht hatte. »Wie viele Leute können wir denn hier aufnehmen? Und was können wir dafür an Geld verlangen?«

»Moment!«, sagte ich. »Ich hole ein Heft und schreibe alles auf!« Ich rannte in mein Zimmer und kramte in einem Stapel bunter Notizhefte. Ich *liebe* hübsche Hefte. Da schreibe ich immer die Geschichten rein, die ich mir ausdenke. Deswegen bringen mir Mama und Papa öfter mal welche mit, wenn sie in die Stadt fahren. Ich zog ein noch unbenutztes Heft hervor. Es war hellblau mit aufgedruckten roten Blüten.

Ich rannte wieder nach unten in die Küche, wo Tom und Mira schon dabei waren zu überlegen, wie wir vorgehen sollten.

»Also«, sagte Mira eifrig. »Für wie viele Gäste haben wir denn Platz?«

»Auf jeden Fall haben wir das Schlafzimmer von Mama und Papa«, sagte Tom. »Da passen zwei Leute rein, ein Pärchen oder so.«

»Okay«, sagte Mira. »Was noch?«

»Deine Klappcouch«, sagte Tom. »Von mir aus kann Charlie darauf schlafen«, sagte Mira. Gestern Abend hatte sie noch gesagt, das sei eine Ausnahme, weil es die erste Nacht ohne Mama und Papa war, und ab morgen müsse ich wieder in meinem eigenen Zimmer schlafen. Aber jetzt sah ich die Dollarzeichen in ihren Augen funkeln wie bei

Dagobert Duck im Comic. »Wenn sie nämlich bei mir schläft, können wir ihr Zimmer auch vermieten.« Mein Zimmer? Das gefiel mir nicht.

»Aber da sind alle meine Sachen drin!«, protestierte ich.

»Na und?«, sagte Mira. »Dann hol halt vorher raus, was du unbedingt brauchst. Je mehr Zimmer wir vermieten, desto mehr Geld kommt rein.«

»Und warum vermieten wir dann nicht *dein* Zimmer?«, sagte ich. »Das ist sowieso größer!«

»Genau!«, sagte Tom. »Dann können wir dort auch gleich *zwei* Leute reinlassen. Weil da ja die Couch steht.«

Mira sah uns an, als hätten wir den Verstand verloren.

»Und wo soll ICH dann schlafen?«, raunzte sie. »Mit Charlie zusammen in ihrem schmalen Bett, oder was?«

»Auf der Luftmatratze«, sagte ich. »In meinem Zimmer! Da schlafen meine Freundinnen auch immer!«

»Na toll«, sagte Mira missmutig. »Dann können ja auch die Gäste auf deiner Luftmatratze schlafen!«

»Dafür können wir denen aber nicht so viel Geld abknöpfen wie für die bequeme Couch!«, sagte Tom, und schon waren meine Geschwister wieder am Streiten.

Das fing ja gut an!

»Jetzt hört doch auf zu streiten!«, rief ich. »So kommen wir nie weiter! Und wir wollen doch Geld verdienen, oder nicht?«

Das wirkte. Wir überlegten noch eine Weile und einigten uns schließlich darauf, erst mal alle Schlafmöglichkeiten aufzulisten und später auszumachen, wer wo schlafen sollte.

Ich zeichnete den Grundriss unseres Hauses auf mit Keller, Erdgeschoss und Obergeschoss. In die Räume, die wir vermieten konnten, schrieb ich die Abkürzungen und malte die Schlafgelegenheiten dazu.

Mamas und Papas Zimmer – ein Doppelbett
mein Zimmer – ein Bett
Miras Zimmer – ein Bett und ein Bettsofa
Toms Zimmer – ein Bett
Wohnzimmer – zwei Sofas
eine Luftmatratze, die überall liegen kann

»Macht neun Schlafmöglichkeiten, drei davon brauchen wir«, zählte Tom richtig zusammen. »Also können wir sechs Leute aufnehmen. Vorausgesetzt, die haben kein Problem damit, wenn sie sich Zimmer teilen müssen.«

»Und was können wir dafür verlangen?«, fragte ich. Das war ja das Wichtigste!

»Gute Frage«, sagte Tom. »Was meint ihr? Zwanzig Euro pro Person und Nacht?«

Während Tom und Mira überlegten, ob das zu wenig oder genau richtig war, rechnete ich aus, was wir damit einnehmen würden.

»Bei fünf Personen für vier Nächte wären das vierhundert Euro insgesamt!«, sagte ich. »So ungefähr 133 für jeden von uns.«

»Klingt doch super!«, sagte Tom. »Dafür, dass wir keinen Finger rühren müssen, finde ich das hervorragend.«

»Keinen Finger rühren?«, fragte Mira. »Was glaubst du denn, wer putzen, aufräumen, einkaufen und Frühstück machen muss?«

Oha. Daran hatte ich auch noch nicht gedacht. Es waren wohl doch noch eine Menge Vorbereitungen nötig.

Aber wir waren jetzt alle drei richtig Feuer und Flamme.

Den Rest des Abends verbrachten wir damit, zu notieren, was es zu bedenken gab, und je weiter wir kamen, desto schneller waren wir uns einig.

Nachdem wir die Preise der Festivalwiese gegoogelt hatten, waren wir uns sicher, dass ein verzweifelter Gast, der ein Dach über dem Kopf brauchte, auch dreißig Euro pro Nacht zahlen würde. Dafür wollten wir das Frühstück richten. Das kostete uns nämlich viel weniger als zehn Euro pro

Person, sodass wir damit einen guten Gewinn machen würden.

Dann würden für jeden von uns dreien fast zweihundert Euro übrig bleiben! Wir beschlossen, uns am nächsten Tag darum zu kümmern, wie wir die Gäste auf unser Spontanhotel aufmerksam machen wollten. Schließlich sollten so wenig Dorfbewohner wie möglich etwas von unserer Aktion mitbekommen, damit unsere Eltern nicht doch noch irgendwann davon erfuhren. Glücklicherweise waren unsere direkten Nachbarn in Urlaub, sodass wir wenigstens von der Seite nichts zu befürchten hatten. Das minimierte unser Risiko, aufzufliegen, beträchtlich. Als ich mich endlich ins Bett legte, war ich ganz schön aufgeregt. Mit ein bisschen Glück hatten wir schon bald ein volles Haus und volle Kassen!

Also, das war so …

Mama sah mich fragend an.

Sie hatte die Rechnung gefunden, die Tom auf dem Computer erstellt hatte. Als wir überlegt hatten, wie viel Geld wir von unseren möglichen Gästen verlangen konnten, hatte Tom gesagt, wir müssten auch damit rechnen, dass unsere Gäste einen Beleg für ihre Ausgaben wollten. So was hatten sie nämlich neulich in der Schule durchgenommen, hatte Tom uns erklärt. Er war anscheinend recht stolz auf seine Kenntnisse und wollte es professionell angehen. Er hatte sich hingesetzt und einen Briefkopf entworfen, auf dem in der Mitte PENSION AM EULENWEG stand und darunter unsere Adresse. Dann folgte die Kostenaufstellung mit sechs Personen zu je dreißig Euro für vier Nächte und daneben die ausgerechneten Beträge.

Zuunterst hatte er geschrieben: *Vielen Dank für Ihren Besuch. Beehren Sie uns bald wieder. Ihr Team von der Pension am Eulenweg.*

»Äh«, sagte ich und überlegte so angestrengt, dass mein Kopf brummte. »Ich glaube, das ist so ein Projekt, das Tom für die Schule macht.«

»Ein Schulprojekt?«, fragte Mama erstaunt. »Es sind doch Ferien.«

»Äh, ja«, sagte ich, und um Zeit zu gewinnen, trank ich einen Schluck Wasser. »Aber seine Klasse hat so eine Aufgabe über die Ferien bekommen. Jeder muss sich eine Firma ausdenken und so tun, als würde er für die Firma arbeiten. Weil doch jetzt das letzte Jahr vor dem Abitur kommt, und die sollen jetzt viel mehr praktische Sachen machen!«

Ich hatte keine Ahnung, ob Mama mir das abkaufen würde, aber etwas Besseres war mir nicht eingefallen.

»Okay«, sagte Mama. Sie klang aber noch nicht ganz überzeugt.

»Tom hat gesagt, das mit der Pension ist einfach, weil man da viel im Internet dazu findet. Das ist besser, als wenn man sich ausdenkt, dass man in einer Bank oder so was arbeitet. Da kennt er sich ja nicht aus.«

»Mhm«, sagte Mama. »Warum hat er denn nicht einfach

Papa oder mich gefragt? Wir hätten ihm doch helfen können. Ich als Selbstständige mit meinem Nagelstudio oder Papa als Angestellter in einer Versicherung. Das wäre doch noch viel einfacher gewesen.«

Verflixt! Da hatte sie recht. Ich nahm noch einen Schluck Wasser. Jetzt half nur noch die Flucht nach vorne.

»Ja, das hat Tom sich zuerst auch gedacht«, sagte ich so locker, wie ich konnte. »Aber er wollte es ohne Hilfe schaffen. Ganz allein.«

Hoffentlich kaufte Mama mir das ab. Tom war eine faule Socke, wenn es nicht um Gitarrespielen oder Zeichnen ging. Und das wussten alle.

»Na, das ist ja mal eine Überraschung«, sagte Mama. »Wir versuchen ja schon lange genug, euch zu erklären, dass man fürs Leben lernt und sich selbst anstrengen muss. Schön, dass es bei Tom offensichtlich klick gemacht hat!« Sie lächelte mich an und stand auf. »Ich wollte einen Kuchen backen«, sagte sie. »Hast du Lust, mir zu helfen?«

»Au ja!«, sagte ich. »Ich komm gleich nach, okay?«

»Prima«, sagte Mama und machte sich auf den Weg in den Flur. In der Tür blieb sie noch mal stehen und drehte sich um.

»Ihr seid so selbstständig geworden, Tom, Mira und du. Und ein gutes Team seid ihr auch. Anscheinend hat es euch gutgetan, mal ohne Papa und mich auskommen zu müssen. Wir sind sehr stolz auf euch!« Sie lächelte und warf mir eine Kusshand zu, und ich warf eine zurück.

Sobald Mama die Tür geschlossen hatte, schnappte ich mir das Handy und schrieb eine Nachricht an Tom: *Wenn*

Mama dich für dein Schulprojekt mit der Ferienpension lobt, spiel einfach mit. Ich erklär dir alles später! LG *Charlie*

Ich weiß nicht, ob Mama das gemeint hat, als sie sagte, wir seien so ein gutes Team geworden, aber ein Geheimnis können wir bewahren, das steht fest!

Was um alles in der Welt ist denn *das*?

»Tom! Mira! Charlie! Was ist denn das?«, rief Papa aus dem Bad.

Ich zuckte zusammen. Unsere Eltern waren gerade erst am Vortag zurückgekommen, und dies war nun schon das dritte Mal, dass einer von ihnen uns rief, weil er etwas entdeckt hatte, was ihm unerklärlich war. Ich war mir mittlerweile absolut nicht mehr sicher, ob wir es wirklich geschafft hatten, alle Spuren der letzten Woche zu beseitigen. Hoffentlich hatten wir nicht schon wieder etwas übersehen!
Ich stellte mich taub, aber das nutzte natürlich nichts.

»Hallo?«, rief Papa. »Hört mich jemand?«

Ich spähte aus meinem Zimmer in den Flur. Von Mira und Tom war keine Spur zu sehen. Ich wusste nicht, ob sie nicht da waren oder ob sie sich in ihren Zimmern verkrochen hatten und sich ebenfalls taub stellten. Mal wieder blieb alles an mir hängen! Die Jüngste zu sein kann echt nerven!

Ich versuchte, so langsam wie möglich zu gehen, aber trotzdem war ich die Einzige, die schließlich bei Papa im Bad stand.

»Schau mal«, sagte Papa, als ich schließlich neben ihm auftauchte. »Hast du eine Ahnung, wie das hierhergekommen ist?« Stirnrunzelnd hielt er mir eine große, braune Flasche entgegen.

»Was ist das denn?«, fragte ich.

»Haarwuchsmittel«, sagte Papa.

Ich sah mir die Flasche genau an, um Zeit zu gewinnen.

Sie war nur noch zur Hälfte mit Flüssigkeit gefüllt. HAARWUNDER N°42, stand darauf, und auf einem extra Aufkleber in kleinerer Schrift: *Haarpracht wie nie zuvor in nur einem Monat! Vertrauen sie auf zehn Jahre absoluter Kundenzufriedenheit!* Ein grinsender Mann mit dichter Haarmähne lachte mir vom Etikett entgegen. Darunter waren die Inhaltsstoffe aufgeführt.

»Äh«, sagte ich. »Ich weiß nicht.«

»Komisch«, sagte Papa. »Wo kommt das denn her? Niemand hier braucht so was. Mama und ich haben keinen Haarausfall, und ihr Kinder seid viel zu jung für so was. Seltsam.«

Ich überlegte fieberhaft. Mir musste eine gute Erklärung einfallen, und sie durfte nichts mit der Wahrheit zu tun haben. Wenn Papa herausfand, wem das Haarwuchsmittel *wirklich* gehörte, würde es den mächtigsten Ärger für uns Kinder geben, den wir je bekommen hatten!

Die Wahrheit über die Pension im Eulenweg

Nachdem es beschlossene Sache war, dass wir unser Haus für die nächsten Tage an Festivalbesucher vermieten wollten, mussten wir jetzt nur noch geeignete Gäste finden. Beim Frühstück überlegten meine Geschwister und ich, wie wir das angehen sollten.

»Flyer und so was können wir vergessen«, sagte Mira. »Wenn das irgendwer aus dem Dorf mitbekommt, sind wir geliefert!« Das stimmte. Hier kennen sich ja fast alle untereinander, und wenn das halbe Dorf mitbekam, was wir hier veranstalten wollten, war es nur eine Frage der Zeit, bis Mama und Papa davon erfuhren.

»Wir könnten uns in der Nähe des Festivals aufhalten und die Leute einfach ansprechen«, schlug ich vor.

»Nee, das ist viel zu viel Aufwand für viel zu wenig Erfolgsaussichten«, sagte Tom. »Wie willst du denn sehen, wer noch ein Dach über dem Kopf sucht?«

Mhm, auch wieder wahr.

»Wir könnten auf der Website vom Festival schauen!«, schlug ich vor. »Vielleicht steht da was wegen der nassen Wiese, oder es gibt ein Forum für Besucher oder so was?«

»Natürlich!«, sagte Mira und schlug sich vor die Stirn. »Hätte ich auch selber draufkommen können.«

»Gar nicht so schlecht für eine kleine Kröte«, meinte Tom gönnerhaft.

Ich sparte mir jeden Kommentar.

Tom holte seinen Laptop und rief die Festivalwebsite auf.

Der Hintergrund war schwarz, und die Menüpunkte bestanden aus weißen Totenköpfen. Auf der Startseite waren alle Bands mit ihren Auftrittsterminen aufgelistet, und drum herum waren Fotos der Bühnenshows aus den letzten Jahren zu sehen. Es gab auch einen Menüpunkt *Service* und ein Forum, wie ich vermutet hatte. Es dauerte eine Weile, bis wir uns überall durchgeklickt hatten. Besonders lustig fand ich die Fotos von den Festivalbesuchern. Die meisten waren schwarz gekleidet und trugen T-Shirts ihrer Lieblingsbands. Viele waren stark geschminkt und machten Fratzen für die Aufnahme. Es sah nach einer ausgelassenen Stimmung aus, und ich bekam ein Kribbeln im Bauch, wenn ich daran dachte, dass wir vielleicht schon am nächsten Tag ähnliche Übernachtungsgäste hier haben würden.

»Da!«, sagte Tom und klickte auf eins der Totenkopfsymbole im Forum, das mit *Übernachtung???* beschriftet war.

Wir lasen die ersten Einträge. Die User tauschten Erfahrungen aus, wie das Übernachten auf dem Zeltplatz so war. Und dann, beim fünften oder sechsten Beitrag, hatten wir gefunden, wonach wir suchten: »Weiß wer, wo man sonst noch übernachten kann? Außer Zeltplatz?«, fragte jemand namens »Tetrapak_Schwarzmilch«. Es gab einige Antworten, aber da war nur vom Schlafen im eigenen Auto die Rede und davon, dass die einzige Pension im Ort nur wenige Zimmer hatte und im Nachbarort schon Monate vorher alles ausgebucht war.

Tom schob die Maus weg und drehte sich zu Mira und mir um.

»Wir könnten uns einen Usernamen zulegen und posten, dass wir eine Übernachtungsmöglichkeit anbieten. Wir schreiben keine Adresse dazu, sondern nur eine Mailadresse. Dann kriegt niemand raus, dass WIR dahinterstecken.« Das klang vernünftig. Unsere Eltern würden zwar kaum auf der Seite des RATTAZONK herumsurfen, aber vielleicht Nachbarn oder andere Dorfbewohner. Es schadete bestimmt nicht, auf Nummer sicher zu gehen. Tom setzte einen kleinen Text auf, während Mira und ich einen Usernamen und eine neue Mailadresse anlegten. Tom meldete uns im Forum an, stellte unseren Beitrag ein, und kurz darauf ploppte unser Angebot ganz oben als neuester Eintrag auf.

TOP-Übernachtung für Gruppe von fünf bis sechs Personen, stand da. *Nur fünfzehn Laufminuten vom Festival entfernt in Privathaushalt. Sauber; haarlose Tiere und Frühstück inbegriffen.*

»*Haarlose Tiere?*«, sagte Mira mit hochgezogenen Augenbrauen.

Wir hatten ein Familienhaustier, eine Schildkröte namens Valentina. Haarlos war sie auf jeden Fall, und das war auch der Grund, warum wir uns für eine Schildkröte entschieden hatten. Tom hat nämlich eine Tierhaarallergie. Warum er Valentina in der Anzeige überhaupt erwähnt hatte, wusste ich allerdings nicht. Es gibt ja Leute, die Angst vor Hunden haben, aber vor einer Schildkröte fürchtet sich doch bestimmt niemand.

»Ja und?«, sagte Tom. »Ich find's witzig!« »Dann schreib

am besten noch dazu, dass man hier den schlechtesten Witzemacher der Welt gratis als Mitbewohner bekommt«, sagte Mira. »Das hält nämlich auch nicht jeder aus.«

»Von mir aus. Dann kann ich auch gleich vor der größten Zicke des Universums warnen.« Ich frage mich wirklich manchmal, wie es sein kann, dass die beiden schon bald volljährig sind, so kindisch, wie sie miteinander sind.

Dann hieß es abwarten. Tom und Mira stellten ihre Handys so ein, dass sie eine Benachrichtigung bekommen würden, wenn jemand antwortete. Die Zwischenzeit wollten wir nutzen, um das Haus schon mal herzurichten. Aufräumen und einigermaßen sauber machen war kein Problem. Wir helfen immer im Haushalt mit, deswegen wussten wir, was zu tun ist, und waren schnell fertig. Aber wir wollten ja unseren Gästen etwas Besonderes bieten. Deswegen überlegten wir, was Heavy-Metal-Fans mögen würden.

»Totenköpfe«, sagte Tom.

»Bier«, sagte Mira.

»Schwarze Deko«, sagte ich.

Und so ging es weiter, bis wir eine ganze Menge Ideen gesammelt hatten, wie wir es unseren Gästen gemütlich machen wollten. Jeder trug bei, was er konnte: Tom kramte aus seinem Bücherregal ein paar Musikmagazine und eine Biografie von Joey Ramone hervor und stellte alles in den Zeitungsständer auf dem Gästeklo. Mira suchte sich scheckig, bis sie die schwarze Bettwäsche gefunden hatte, die sie in ihrer Emo-Phase benutzt hatte, und bezog die Schlafgelegenheiten in ihrem Zimmer damit. Wir gingen gemeinsam einkaufen, um den Kühlschrank mit ein paar Frühstückssachen und Fertigpizza zu füllen, und Tom packte einen Kasten Bier dazu. Und dann entdeckten wir eine Ecke im Supermarkt, die voller Artikel war, die wir gut gebrauchen konnten: Toilettenpapier mit lustigen Sprüchen, schwarzen Kerzen und all so was.

Vermutlich hatte man sich hier ganz auf die Festivalbesucher eingerichtet. Als wir aus dem Geschäft rauskamen, war von unserem Budget nicht mehr viel übrig. Hoffentlich ging unser Plan auf! Sonst hatten wir wirklich ein Geldproblem. Der Rückweg vom Supermarkt war super anstrengend. Es war eine elende Schlepperei. Tom trug den

Bierkasten und Mira und ich den ganzen Rest. Ich hoffte wirklich, dass es klappte mit dem Extrageld und Mira bald den Führerschein machen konnte.

Zu Hause räumten wir die Einkäufe ein. Ich hatte eigentlich vorgehabt, Blumen in die Gästezimmer zu stellen, aber weil ich mir Heavy-Metal-Fans nicht mit pinkfarbenen Rosen und Gänseblümchen vorstellen konnte, pflückte ich ein paar Zweige aus der Thuja in unserem Vorgarten und verteilte sie in leere Klopapierrollen.

Als Tom und ich gerade Nudeln fürs Mittagessen vorbereiteten, stürmte Mira aufgeregt in die Küche. »Guckt mal!«, rief sie und fuchtelte mit ihrem Handy herum. »Es hat sich jemand gemeldet!«

Aufgeregt beugten wir uns über das Display.

Da stand: *Hi, wir sind HOWIES LITTLE SISTER* und würden gerne euer Angebot annehmen und bei euch übernachten. Wir sind zu fünft und nicht haarlos, aber stubenrein.«

Wir googelten natürlich gleich mal nach HOWIES LITTLE SISTER. Mit dem Ergebnis hatten wir nicht gerechnet: Das war eine ziemlich bekannte Band in der Heavy-Metal-Szene! Es waren eine Frau und vier Männer, und alle fünf waren wild geschminkt und gestylt. Ihre Musikvideos auf YouTube hatten mehrere Hunderttausend Aufrufe, und sie schienen ziemlich oft auf Tour zu sein. Natürlich schauten wir uns gleich ein paar ihrer Live-Videos an. Die Frau war die Sängerin der Band und sang, als ob sie rülpsen würde. Erst dachte ich, sie ist erkältet, aber sie klang in allen Songs gleich. Ich glaube, das sollte so sein. Mira war total fasziniert davon, wie die Sängerin gestylt war. Sie hatte lange, hellblonde Haare, und ihr Gesicht war so geschminkt, dass es wie ein Totenkopf aussah.

Dazu trug sie einen hautengen schwarzen Anzug mit aufgedrucktem weißen Skelett. Abgefahren!

»Willst du jetzt auch so rumlaufen?«, fragte ich Mira. Sie wechselt ja ständig ihr Styling, und so begeistert, wie sie von der Sängerin war, würde es mich ganz und gar nicht wundern, ihr demnächst mit einem aufgeschminkten Totenkopf zu begegnen.

»Haha«, sagte Mira. »Nee. Aber ich finde, das sieht klasse aus!«

Obwohl alle Bandmitglieder düster geschminkt waren und das Bühnenbild bei ihren Live-Videos aussah wie ein Grabstein, wirkte die Show ganz lustig: Die Sängerin und einer der Gitarristen machten nach den Liedern Witze mit dem Publikum und ließen sich feiern. Am Ende riefen die Zuhörer immer wieder »little Sister, little Sister«, und der Bassist verschwand hinter der Bühne, um mit einem lebensgroßen Stoffkopf zurückzukehren. Der Stoffkopf hatte halblange blonde Haare aus Stoffbändern und einen aufgenähten, breiten Grinsemund. Die schwarz glänzenden, riesigen Glasaugen schielten, sodass der Gesichtsausdruck gleichzeitig lustig und verrückt aussah. Die Sängerin schnappte sich die Puppe und hielt sie in die Luft.

Das Publikum tobte. »LITTLE SISTER!«, riefen sie immer wieder, »LITTLE SISTER!«

Und jedes Video endete damit, dass die Sängerin den Puppenkopf ins Publikum warf und darauf wartete, bis der Kopf eine Runde gedreht hatte und auf die Bühne zurückgeworfen wurde.

Die Band schien total freakig zu sein, aber gleichzeitig wirkte sie irgendwie echt sympathisch. Ich hatte jetzt richtig Lust bekommen, sie kennenzulernen. Und meinen Geschwistern schien es genauso zu gehen. Wir hatten mit irgendwelchen Besuchern gerechnet, aber eine richtige Band, noch dazu eine recht bekannte, war natürlich viel cooler! Mira antwortete an die angegebene Mailadresse, dass HOWIES LITTLE SISTER gerne bei uns vorbeikommen könnten und wann es ihnen passen würde. Die Antwort kam schnell: Die Band schrieb, sie könnten schon direkt am Abend vorbeikommen, wenn uns das recht wäre? Wir waren natürlich einverstanden und verbrachten den Rest des Tages damit, noch mal zu prüfen, ob wir alles Wichtige vorbereitet hatten. Die Zeit verging wie im Flug. Am Nachmittag riefen unsere Eltern an und wollten wissen, ob alles in Ordnung war. »Ja, alles prima«, sagten wir, und ich dachte: *Noch*.

Und dann war es so weit: Pünktlich um 18 Uhr fuhr ein dunkelroter Kleinbus unsere Einfahrt hoch. Wobei »fahren« vielleicht nicht das richtige Wort ist. Der Auspuff röhrte und stieß Dampf aus, und irgendwas schepperte, als das Gefährt die leichte Bodenwelle in der Pflasterung überfuhr. Der Motor röchelte und stieß einen letzten Seufzer aus, bevor das Fahrzeug anhielt.

»Wow, das Ding hat mindestens schon zwanzig Jahre auf dem Buckel!«, sagte Tom und nickte anerkennend. Ich kenne mich da nicht aus, aber das Automodell hatte ich jedenfalls noch nie gesehen, und die Lackierung war ganz matt und an manchen Stellen schon abgesplittert.

Die Fahrertür öffnete sich, und ein ziemlich kräftiger Typ schob sich aus dem Auto. Er ächzte dabei fast so sehr wie der Motor. Wenn ich mich richtig erinnerte, war er einer der beiden Gitarristen und sang öfters auch mal einen Song. Ich bin nicht so gut darin, das Alter von Leuten zu schätzen, aber die Musiker von HOWIES LITTLE SISTER waren auf jeden Fall älter, als ich gedacht hatte, irgendwas zwischen dreißig und fünfzig oder so. Ungeschminkt sahen ihre Gesichter nämlich viel knittriger aus. Der Fahrer trug schwarze Bermuda-Shorts, sodass man seine kräftigen, behaarten Waden sehen konnte, ein verwaschenes, schwarzes T-Shirt mit einem Skelett drauf und hatte lange, schwarze Haare, die ihm über die Schultern fusselten. Sein schwarzer Bart baumelte bis auf seine Brust hinunter. Auf halber Höhe wurde der Bart von einem silbernen Ring zusammengehalten.

»Hi«, sagte er fröhlich und winkte. Er lächelte, wobei sich viele Fältchen um seine Augen bildeten. Offensichtlich lachte er viel.

»Sind wir hier richtig? Wegen der Unterkunft, meine ich?«

»Ja«, sagte Tom. »Passt.«

»Prima«, sagte der Mann. »Ich bin Hohgi, das schreibt sich Hoagie, und das da ist der Rest unserer Truppe!«

Er zeigte auf die anderen Bandmitglieder, die sich gerade aus der seitlichen Schiebetür schälten.

Der Erste war auch ein Mann und sah ungefähr gleich alt aus wie Hoagie. Auch er hatte lange Haare und einen Bart, aber im Gegensatz zu Hoagie war er ziemlich dünn und sein Bart kürzer. Der Mann war bleich und wirkte ziemlich verschlafen. »Hi«, sagte er. »Ich bin Frankie, Gitarrist.«

Der Nächste war so groß, dass er ein bisschen vornübergebeugt ging, und hatte kurze blonde Haare, die aussahen, als ob jemand einen Topf auf seinen Kopf gesetzt und die überstehenden Haare abgeschnitten hätte. Er rieb sich den Rücken, lächelte uns an und sagte: »Ich bin Bass-Bernie, hallo!«

Hoagie, Frankie, Bernie. Ich war gespannt auf den Nächsten.

Der Nächste war die Frau, die ich aus den Videos kannte. Bloß, dass sie ganz anders aussah als auf der Bühne: Sie hatte in echt lange, rote Haare, die ihr in Wellen den halben Rücken hinunterfielen, und trug viel leuchtend grünen Lidschatten auf den Augen. Dann mussten die hellblonden, hüftlangen Haare in den Videos eine Perücke gewesen sein! Genau wie Hoagie hatte sie viele Lachfältchen um die Augen, sie schien auch in einem ähnlichen Alter zu sein wie die anderen, und als sie sich als »Sandy« vorstellte, blitzte einer ihrer Vorderzähne lustig hervor.

Als Letztes kletterte ein kleiner, stämmiger Mann aus dem Bus und winkte freundlich in die Runde.

Er trug ein Shirt mit der Aufschrift: *heavy metal, heavy weight, always sleeping, always late.*

Ich kann noch nicht so gut Englisch, aber das verstand ich: *Heavy Metal, Schwergewicht, immer am Schlafen, und pünktlich bin ich nicht.*

»Hi«, sagte er und winkte. »Ich bin Ralf, aber alle nennen mich Ralle. Schlagzeuger dieses Vereins hier.«

Ich musste grinsen. Die Truppe sah ganz munter aus.

Nachdem wir uns ebenfalls vorgestellt und uns die Hände geschüttelt hatten, sagte Tom: »Dann kommen Sie mal rein!«

Die fünf setzten sich in Bewegung und stiefelten hinter uns her. Ich kann euch sagen, es war ein total seltsames Gefühl, fremde Leute ins Haus zu führen. Mama und Papa haben uns ja immer eingetrichtert, dass wir nie mit Fremden mitgehen dürfen. Und das hier war irgendwie so ähnlich, nur umgekehrt. Wenigstens waren wir zu dritt und meine Geschwister fast volljährig. Aber trotzdem fühlte es sich seltsam an, dass sie alle vermutlich hier übernachten würden.

»Wo sollen wir anfangen?«, fragte Mira. »Was wollen Sie als Erstes sehen?«

»Sind denn eure Eltern nicht da?«, fragte die Frau, die sich als Sandy vorgestellt hatte.

Tom und Mira wechselten einen Blick.

»Nein«, sagte Mira und lächelte so süß, wie sie konnte. »Aber mein Bruder und ich haben hier für die nächsten Tage die Verantwortung. Wir sind volljährig, und unsere Eltern haben uns ihr Okay gegeben.«

Oha! Mira log, ohne eine Miene zu verziehen.

»Ach so«, sagte Sandy.

»Ist nicht das erste Mal, das wir unser Haus vermieten«, sagte Tom lässig.

Mira sah ihn wütend an, und ich kapierte auch gleich, warum: Das war nicht schlau von ihm gewesen, so was zu sagen, weil es Fragen nach sich ziehen konnte. Manchmal ist man mit 17 eben doch nicht klüger als mit elf!

»Ihr könnt übrigens *Du* zu uns sagen«, sagte Hoagie. »Das macht man unter Musikern und jungen Leuten doch so.«

Alle lachten, und ich fühlte mich gleich besser. Die Bandmitglieder schienen auf den ersten Blick unkompliziert und ganz nett zu sein.

Als Erstes zeigten wir ihnen die Gästetoilette, die ohnehin direkt neben dem Eingang liegt.

»Toilette und Waschbecken sind hier, und die Duschen sind oben im Bad. Das zeige ich euch natürlich auch noch«, sagte Tom. »Die Handtücher für den Tagesgebrauch befinden sich in den Gästezimmern.«

Oha, er wollte wohl demonstrieren, wie geübt wir im Hausvermieten waren!

Es war lustig zu sehen, wie sich die großen, schweren Heavy-Metal-Typen nacheinander ins winzige Gästeklo quetschten. Mir fiel jetzt erst auf, dass das Klo mit dem rosa Plüschbezug aussah wie bei unseren Großeltern. Modern war es sicher nicht, aber mit den Heavy-Metal-Musikern wirkte es gleich doppelt spießig.

Wir zeigten nacheinander die Wohnräume und den Garten im Erdgeschoss. Den Keller ließen wir aus, da war nur Mamas Nagelstudio, die Waschküche, die Vorratskammer und Papas Hobbyraum. In dem würde Tom übernachten, während Mira und ich in meinem Zimmer schlafen wollten. Für die Band blieben dann das Elternschlafzimmer mit dem Doppelbett, Miras Zimmer mit dem Bett und der Schlafcouch und Toms Zimmer mit seinem großen Einzelbett.

Dass Sandy als einzige Frau Toms Zimmer bekam, war schnell klar. Die Männer dagegen kabbelten sich ein bisschen.

»Ich schlaf nicht mit dem in einem Zimmer«, sagte Frankie grinsend und nickte Richtung Hoagie. »Der furzt nachts zum Gottserbarmen!«

»*Ich* will aber nicht mit *dir* das Zimmer teilen!«, sagte Bernie zu Frankie. »Du schnarchst wie ein überzüchteter Mops mit chronischem Asthma!«

»Was soll *ich* denn sagen?«, rief der kleine, stämmige Ralle mit gespielter Entrüstung. »Wenn Hoagie und ich in einem Doppelbett schlafen müssen, hängt mindestens einer mit dem Hintern über der Matratze raus! Wir sind ja die zwei Schwergewichte hier!« So ging es eine Weile hin und her mit Frotzeleien, und am Ende hatten sich die Jungs darauf geeinigt, dass Frankie und Ralle in Miras Zimmer schlafen würden, während Hoagie und Bernie sich das Doppelbett von Mama und Papa teilen mussten.

»Na, dann würde ich mal um eine Wäscheklammer bitten«, sagte Bernie grinsend. »Wegen Hoagies Darmwinden.«

Ich war mir nicht sicher, ob das ein Witz sein sollte oder ob er es ernst meinte, aber als Bernie mir zuzwinkerte, wurde mir klar, dass sie immer so miteinander sprachen, und ich entspannte mich ein bisschen. Es war immer noch eine seltsame Vorstellung, dass Fremde in Mamas und Papas Bett schlafen würden, aber zumindest schienen sie alle recht nett und unkompliziert zu sein.

Nachdem wir der Band noch das Bad im Obergeschoss gezeigt hatten, waren sich alle einig, dass der Deal perfekt war.

»Dann sag ich mal vielen Dank«, sagte Hoagie, der so eine Art Sprecher der Gruppe zu sein schien. »Wir würden jetzt unsere Sachen aus dem Bus holen und euch gleich das Geld geben, in Ordnung?« Ich konnte förmlich die Dollarzeichen in Toms Augen sehen. Vermutlich dachte er an das Tablet, das er sich kaufen wollte, weil er damit angeblich noch viel besser Mangas zeichnen konnte als mit Stift und Papier. Zumindest hatte er das mal erwähnt, als Mama und Papa über Geburtstagsgeschenke gesprochen hatten. Aber das war ihnen vermutlich zu teuer gewesen.

»Klar ist das in Ordnung«, sagte Tom schnell.

Wir boten an, beim Tragen zu helfen, aber die Jungs winkten ab. »Nee, lasst mal. Wir sind kräftig und Kummer gewohnt. Das machen wir selbst!«

Wir schauten neugierig zu, wie sie ihre Taschen und Instrumente hereinbrachten, und ich war total verblüfft, wie viel Zeug in den kleinen Bus passte. Jeder von ihnen lief mindestens dreimal zum Bus und zurück, bis alles Wichtige im Haus war.

»So«, sagte Hoagie schnaufend, als er schließlich zu uns in die Küche kam. »Jetzt mal erst das Wichtigste!« Er zog seinen Geldbeutel aus der Hosentasche und öffnete ihn. »Fünf Leute, dreißig Euro die Nacht, vier Nächte. Macht sechshundert Euro, richtig?« Er schaute uns fragend an, und als ich nickte, zog er sechs Hunderter aus dem Geldbeutel und drückte sie mir in die Hand. Ich war ziemlich stolz, dass er ausgerechnet mir das Geld gab und nicht einem meiner älteren Geschwister.

»Danke schön«, sagte ich. »Und: Herzlich willkommen!«

»Danke *euch*«, sagte Hoagie und lächelte breit, sodass sich sein kräftiges Gesicht in viele kleine Wellen legte. Zumindest das, was man von seinem Gesicht sah. Der Bart war schon ziemlich mächtig.

»Wir machen uns gleich auf den Weg zum Festival«, sagte er. »Unsere Bühneninstrumente und das Equipment sind schon dort, das kommt immer mit dem großen Tourbus. Unsere Roadies machen den Aufbau und alles, aber wir müssen natürlich selbst hin, um zu checken, ob alles okay ist. Na ja, und dann trifft man ja auch immer die anderen Bands, die man so kennt. Ich denke, das wird richtig spät heute. Ihr braucht nicht wach zu bleiben, bis wir zurückkommen.«

»Dann braucht ihr einen Schlüssel«, sagte ich. »Oder?«

»Wäre gut«, sagte Hoagie. »Wir wollen euch ja nicht nachts aus dem Bett schmeißen oder so.«

Ich ging mit ihm in den Flur, um ihm den Ersatzschlüssel zu geben, der am Schlüsselbrett hing. Dann tauschten wir noch alle Handynummern untereinander aus, und damit war alles Wichtige erst mal erledigt.

Ich ging zurück in die Küche zu Mira und Tom. Wir schauten HOWIES LITTLE SISTER durchs Küchenfenster

zu, wie sie einstiegen. Hoagie steuerte den Bus geübt aus der Einfahrt, gab Gas, und schon knatterte der kleine Bus um die nächste Kurve davon.

»Irre«, sagte Mira. »Wir haben ’ne echte Metal-Band im Haus. Wir haben das wirklich gemacht! Das glaubt uns keiner!«

»Das SOLL uns keiner glauben, weil es keiner WISSEN darf«, erinnerte Tom Mira an unser Geheimnis.

»Schon klar!«, sagte Mira und stupste Tom grinsend in die Seite.

Wir sahen uns an, und da war er, einer der seltenen Momente, in denen wir drei uns ohne Worte verstanden: Wir rannten alle im gleichen Moment los, hintereinander die Treppen rauf.

»Da!«, keuchte Mira, als wir in den oberen Flur kamen, und zeigte auf das Elternschlafzimmer. Keine zwei Sekunden später schauten wir uns dort gründlich um. Wir wühlten natürlich nicht in den Taschen unserer Gäste oder so, aber wir guckten, was Hoagie und Bernie so herumliegen hatten. Wer auf welcher Seite schlief, hatten wir schnell raus: Auf Mamas Betthälfte lag jetzt ein schwarzes Plüschkissen mit dem Aufdruck: *Hoagie for President*. Dann entdeckte ich etwas und sah genauer hin: Halb unter der Decke versteckt lugte ein kleiner, abgeliebter Stoffhund hervor. Er musste schon sehr alt sein. Das fand ich so süß, dass ich meinen Geschwistern nichts davon sagte. Irgendwie hätte ich das gemein gefunden, ich weiß gar nicht, warum.

Dann schauten wir uns in Miras Zimmer um, wo Ralle und Frankie schon kräftig dekoriert hatten: Über Miras Bett prangte jetzt eine Fahne mit HOWIES LITTLE SISTER-Schriftzug, und ein paar mittelalterliche Klamotten hingen über ihrem Schreibtischstuhl.

»Cool!«, sagte Mira und hielt sich einen langen Umhang vor, der mit schwarzen Rüschen gesäumt war. »Genau mein Geschmack!« Ich fragte mich, wer den wohl trug. Vermutlich Frankie, für Ralle war er viel zu lang.

Darauf schauten wir in Toms Zimmer. Neben seinem Bett stand ein gigantischer Schminkkoffer, den Mira sofort inspizierte, und mir fiel auf, dass irgendwas ganz anders war als vorher, nur wusste ich erst nicht, was. Auf den ersten Blick entdeckte ich nichts Besonderes. Ich ging einmal quer durchs Zimmer, und dann wusste ich es: Der Raum duftete wie ein Blütenmeer. Das war bestimmt Sandys Parfüm. »Hier riecht's voll gut!«, sagte ich. »Gar nicht mehr nach Bärenhöhle!«

»Haha«, machte Tom, aber dann schnupperte er, und sein Gesicht bekam einen träumerischen Ausdruck. »Gar nicht so schlecht«, gab er zu.

Als Letztes gingen wir ins große Familienbad. Da hatte sich noch nicht so viel verändert. Außer zwei Kulturbeuteln sah ich nur eine große, braune Flasche, die vorher nicht da gewesen war. »Haarwunder N°42«, las ich vor.

»Gib mal her«, sagte Tom und nahm mir die Flasche aus der Hand. »Krass«, meinte er. »Das ist ein Haarwuchsmittel.«

»Dann kann es nur Ralle gehören«, sagte Mira. »Der ist der Einzige mit so 'ner Platte auf dem Hinterkopf.«

»*Tonsur* heißt das«, sagte ich. Wenn ich schon mal was besser wusste als meine ältere Schwester, musste ich die Gelegenheit nutzen, es auch rauszuknallen.

Tom wollte nach einem der Kulturbeutel greifen, nämlich dem mit einem Hasen als Anhänger. Vermutlich gehörte er Sandy.

»Hey«, sagte ich. »Lass das!« Es war *eine* Sache, sich einen Umhang vorzuhalten oder zu schauen, wie sich unsere

Gäste eingerichtet hatten. Aber in ihren persönlichen Sachen zu wühlen war was anderes, fand ich.

»Ich wollte nur nach dem Parfüm gucken«, verteidigte sich Tom.

»Wozu willst du denn wissen, was es für eins ist?«, fragte Mira. »Du hast ja nicht mal eine Freundin, der du so was schenken könntest.« Tom schnitt ihr eine Grimasse, aber den Kulturbeutel ließ er liegen. Ich stellte die Flasche mit dem Haarwuchsmittel dahin zurück, wo wir sie hergenommen hatten, und dann machten wir uns auf den Weg in die Küche, um Nudeln fürs Abendessen zu kochen. Die Augen meiner Geschwister glitzerten vor Abenteuerlust, und auch ich fand es plötzlich gar nicht mehr seltsam, dass Fremde im Haus waren. Ich war jetzt richtig gespannt auf die nächsten Tage!

Also, das war so …

Papa drehte die Flasche mit dem Haarwuchsmittel ratlos hin und her. Und ich überlegte angestrengt, welches Märchen ich ihm auftischen konnte. *Das gehört Ralle, dem Schlagzeuger von der Metal-Band, die hier gehaust hat, während ihr weg wart*, konnte ich schlecht sagen.

»Tom!«, platzte ich heraus. »Das gehört Tom!«

»*Tom*?«, fragte Papa ungläubig. »Tom ist 17! Da hat man doch keinen Haarausfall! Das glaub ich nicht.«

»Er hat ja auch gar keinen Haarausfall«, sagte ich. »Er

hat gesagt, dass es andere Stellen am Körper gibt, die mehr Haare vertragen könnten.«

Papa schwieg betreten.

»Ich glaube, er findet sich zu unmännlich«, sagte ich. »Deswegen hat er schon die halbe Flasche verbraucht. Damit es schneller geht.«

»Der arme Kerl!«, sagte Papa mitleidig. Er sah abwechselnd mich und die Flasche an. »Ich sollte vielleicht mal mit ihm reden. Bevor er sich unnötig verrückt macht.«

»Nein!«, rief ich. »Tu das bloß nicht! Das ist ihm so peinlich!«

»Oh«, sagte Papa und nickte. »Ja, natürlich, das verstehe ich. Dann sage ich besser nichts.«

Jetzt fühlte ich mich ein bisschen gemein, weil ich Papa angeschummelt hatte. Aber auf der anderen Seite hatte ich Tom, Mira und mir eine ganze Menge Ärger erspart, und das war erst mal die Hauptsache!

Was um alles in der Welt ist denn *das*?

Es war am Nachmittag des ersten Tages nach der Rückkehr unserer Eltern. Plötzlich begann es, wie aus Kübeln zu schütten. Eigentlich mag ich Regen, vor allem warmen Sommerregen. Da kann man so schön drin herumspringen, und alles riecht so gut nach nassem Gras und frischem Wasser. Ich öffnete mein Fenster und genoss den leichten Sprühregen in meinem Gesicht, der entstand, wenn der

Regen aufs Dach platschte. Ich schloss die Augen und blieb so stehen, bis der Regen nachließ. Als ich die Augen wieder öffnete, schien die Sonne, und ich beschloss, in den Garten zu gehen. Ich liebe das Gefühl von nassem Gras unter den Fußsohlen! Deshalb zog ich extra an der Terrassentür meine Pantoffeln aus. Ich spazierte ein Stück über die Wiese, bis ich Papa entdeckte, der gerade dabei war, frischen Salat in Valentinas Gehege zu legen. Valentina selbst war nicht zu sehen. Vermutlich döste sie in ihrem Unterschlupf, einem kleinen bunten Holzhäuschen, das Papa ihr mal gebaut hatte. Papa ging in die Hocke und hielt ein abgezupftes Salatblatt mit ausgestrecktem Arm über das Drahtgitter, um Valentina damit anzulocken.

»Na, Valentina?«, sagte er. »Komm her, hier gibt es leckeres Futter für dich!«

Kurze Zeit später streckte die Schildkröte ihr Köpfchen aus dem Unterschlupf, dann kam ein Stück ihres Panzers und schließlich die Vorderbeinchen, die sich langsam über die Wiese bewegten. Ich liebe es, wenn Valentina spazieren geht, es sieht so putzig aus. »Hallo«, sagte Papa, als Valentina sich ihm bis auf wenige Zentimeter genähert hatte und ihr Köpfchen vorreckte, um das Salatblatt zu erreichen. Da fiel mir auf, dass Valentinas Panzer auf seltsame Art anders aussah: Er glänzte merkwürdig silbern. Plötzlich fuhr mit einem Schlag die Erinnerung an das, was vor ein paar Tagen geschehen war, wie ein Blitz durch meinen ganzen Körper.

»Was ist *das* denn?«, hörte ich Papa erstaunt ausrufen. Nein! NEINEINEIN! Das konnte nicht sein! Mira hatte sich doch darum kümmern wollen!

Papa hob Valentina vorsichtig hoch und betrachtete sie von allen Seiten. Dann runzelte er die Stirn. Ich sprang schnell hinter unser Gartenhäuschen, damit er mich nicht entdeckte. Mir war klar, was als Nächstes passieren würde, und genauso kam es auch.

»MIRA! TOM! CHARLIE!«, dröhnte Papas Stimme durch die Luft.

»WAS HABT IHR MIT DEM TIER GEMACHT? HERKOMMEN! SOFORT!«

Schon wieder mussten wir uns eine Erklärung einfallen lassen für etwas, das man kaum erklären konnte, ohne zu verraten, was hier wirklich los gewesen war! Ich hatte es mir viel einfacher vorgestellt, ein großes Geheimnis für mich zu behalten.

Oma hat mal gesagt: »Irgendwann kommt immer alles heraus!« So langsam befürchtete ich, dass das stimmte.

Die Wahrheit über die Sache mit Valentina

In der ersten Nacht mit unseren Gästen im Haus hatte ich noch lange wach gelegen, als Mira schon längst eingeschlafen war. Irgendwie war ich ziemlich unruhig, solange die Band noch nicht zurück war vom Festival. Ich fand es seltsam, dass sie ins Haus kommen würden, während wir schliefen. Als ich die Schlüssel in der Haustür hörte, war es schon drei Uhr. Komischerweise war es aber auch ein schönes Gefühl, zu wissen, dass Hoagie und die anderen jetzt in ihre Zimmer gingen. Obwohl wir sie ja eigentlich gar nicht kannten, fühlten sie sich gar nicht wie Fremde an. Ich hörte an der Art, wie sie versuchten, die knarzende Treppe hinaufzuschleichen, und daran, wie sie flüsterten und ihr Kichern unterdrückten, dass sie sich Mühe gaben, möglichst leise zu sein. Ich lauschte noch eine Weile der Mischung aus fremden Stimmen und bekannten Hausgeräuschen und döste friedlich ein, als alles eine Zeit lang still geblieben war.

Am nächsten Morgen war ich allerdings ziemlich müde. Ich warf einen Blick zu Mira, die noch schlief, und beschloss, schon mal runterzugehen und das Frühstück vorzubereiten. Es war zwar erst neun Uhr, aber ich wusste nicht, wann unsere Gäste aufstehen würden, und wollte sicher sein, dass sie nicht mit hungrigen Mägen vor leeren Tellern sitzen mussten.

Ich versuchte, leise zu sein, als ich in den Flur trat und die Zimmertür hinter mir schloss. Jetzt hatte ich die Verantwortung fürs Frühstück, und irgendwie gefiel mir das.

Allerdings war wohl doch schon jemand außer mir wach. Von unten hörte ich nämlich Geräusche, und als ich die Küche betrat, traf ich auf Hoagie, der versuchte, die Kaffeemaschine in Gang zu bringen, was ihm bisher offensichtlich nicht gelungen war. Er brummte fluchend vor sich hin.

»Guten Morgen«, sagte ich, und Hoagie fuhr erschrocken herum.

»Ach, du bist's«, sagte er erleichtert. »Hab dich gar nicht kommen hören. Sorry, war ich zu laut?«

Von vorne sah er deutlich müder aus als von hinten. Seine Augen wirkten winzig, die Augenringe dafür umso größer, und er war ziemlich bleich. Sein Bart fiel allerdings ordentlich gekämmt über seinen kräftigen Bauch, der, wie der ganze Rest, in einem gelben Pyjama steckte. Irgendwie hatte ich ein schwarzes Outfit erwartet, aber dieser Schlafanzug hier war nicht nur gelb, sondern er war auch noch mit kleinen Entchen bedruckt. Wie süß! »Nein, nein«, sagte ich. »Ich steh immer so früh auf.«

»Ach so, stimmt ja«, meinte Hoagie und grinste. »Du gehst ja noch in die Schule. Oh, was hab ich das frühe Aufstehen gehasst! Ich werde nie begreifen, warum die so früh anfangen müssen, um acht Uhr morgens ist doch kein Mensch fit im Kopf.« Er deutete auf die Kaffeemaschine, die sich nicht rührte, und gähnte ausgiebig.

»Warte mal«, sagte ich und schaute mir das Gerät an. Ich musste grinsen, als ich sah, dass der Kippschalter des Mehrfachsteckers auf *Aus* stand.

Hoagie schüttelte resigniert den Kopf. »Um Himmels willen«, sagte er. »Das ist einfach alles viel zu früh für mich. Ich brauch frische Luft!«

»Warum schläfst du denn nicht einfach noch ein bisschen?«, fragte ich, während ich die Maschine mit Kaffeepulver und Wasser füllte. »Habt ihr denn schon heute Mittag einen Auftritt?«

»Nö«, sagte Hoagie, »erst heute Abend. Aber schlafen geht nicht mehr. Vielleicht wegen der neuen Umgebung.«

»Geht mir im Urlaub auch immer so«, sagte ich. »Morgen ist das bestimmt schon besser!« Ich drückte den Startknopf, setzte mich auf die Anrichte und ließ die Beine baumeln. Da sitze ich supergern, aber Mama scheucht mich immer runter. Hoagie lächelte. »Wie alt bist du?«, fragte er.

»Elf«, sagte ich.

»Ganz schön clever für dein Alter«, sagte Hoagie. »Wenn ich eine Tochter hätte, dann am liebsten so eine wie dich.«

»Hast du denn keine Kinder?«, fragte ich.

Hoagies Gesicht verdüsterte sich. »Nein«, sagte er. »Ich hatte mal die passende Frau. Aber sie ist nicht mehr da.«

»Oh«, sagte ich. »Das tut mir leid.«

»Muss es nicht«, sagte Hoagie. »Solche Dinge passieren im Leben. Du hast ja auch etwas Wichtiges verloren und kommst trotzdem gut zurecht.« Er nickte Richtung Thea.

Ich war ganz baff und wusste nicht, was ich sagen sollte. Das war das erste Mal, dass ein Erwachsener so unbefangen mit Thea umging.

»Ich weiß nicht, ob man das vergleichen kann«, sagte ich. »So ein Bein lacht nicht mit dir, es hält nicht deine Hand, und es tröstet dich nicht, wenn du traurig bist. Außerdem kann man es wenigstens teilweise ersetzen. Ich glaube, es ist leichter ohne Bein als ohne Liebe.«

»Das ist ziemlich klug«, sagte Hoagie. »Aber jeder hat sein Päckchen zu tragen. Vermutlich ist es nicht entscheidend, *was* es ist, sondern wie man damit *umgeht.*«

»Das glaube ich auch«, sagte ich. »Mir geht es jedenfalls tierisch auf den Keks, wenn man mir nichts zutraut.« Hoagie grinste. »Wer dir nichts zutraut, hat keine Ahnung«, sagte er. In diesem Moment rumste es oben, und irgendjemand fluchte. »Klingt nach Ralle«, sagte Hoagie, und sein Grinsen wurde noch breiter. »Vermutlich hat er LITTLE SISTER entdeckt.«

»Die *LITTLE SISTER?*«, fragte ich. Sprach er von dem Stoffkopf, der auf der Bühne so bejubelt wurde?

Hoagie wollte gerade zu einer Erklärung ansetzen, als Schritte die Treppe herunterpolterten und Ralle in die Küche gestapft kam.

Er rief: »*Sehr* witzig!«, und hielt anklagend etwas in die Höhe, das sich tatsächlich als der Kopf von der Puppe in den Live-Videos der Band herausstellte.

»Darf ich vorstellen?«, sagte Hoagie grinsend. »Das ist die LITTLE SISTER, unser Maskottchen. Wir haben untereinander einen *Running Gag* laufen: Immer, wenn wir unterwegs sind, versteckt einer von uns den Kopf irgendwo. Der, der ihn findet, ist dann selber dran mit Verstecken. Ich kann dir sagen, man erschrickt auch nach Jahren noch je-des Mal.«

»Allerdings!«, schnaufte Ralle. »Welcher Idiot hat das Ding in die Badewanne gelegt? Ich hab fast einen Herzinfarkt gekriegt, als es mich beim Pinkeln angestarrt hat!«

Hoagie lachte so, dass die Entchen auf seinem Pyjama zu

schwimmen schienen. »Wie wär's, wenn wir im Garten frühstücken?«, schlug er vor und haute Ralle versöhnlich auf die Schulter. »Wenn wir dürfen, natürlich!« Hoagie sah mich fragend an.

»Na klar!«, sagte ich.

»Prima«, sagte Hoagie. »Ich verkünde mal den anderen die frohe Botschaft!« Er lächelte mir zu und stapfte die Treppen hoch. Die Stufen ächzten unter seinem Gewicht.

Ich suchte Butter, Marmelade, Käse und was man sonst noch für ein Frühstück braucht, zusammen und stellte die Sachen auf ein Tablett. Dann nahm ich acht Gläser, Geschirr und Besteck aus dem Schrank, und gerade als ich alles in den Garten bringen wollte, erschien Sandy in der Küchentür.

»Guten Morgen«, sagte sie fröhlich. »Hoagie hat gesagt, wir frühstücken im Garten. Cool! Kann ich dir helfen?«

Bevor ich antworten konnte, schnappte sie sich das Tablett und balancierte es vorsichtig aus der Küche. Ich sah ihr nach. Man konnte kaum glauben, dass Sandy dieselbe Frau war, die wir in den Musikvideos gesehen hatten. Ungeschminkt, in kurzer Hose und Shirt wie jetzt gerade, wirkte sie komplett anders als auf der Bühne mit Skelettanzug, Totenkopfgesicht und bleicher Perücke. Ich schnappte mir die restlichen Sachen und traf auf dem Weg in den Garten auf Frankie und Ralle, die gerade die Treppen runterkamen und mich mit einem fröhlichen »Hi« begrüßten. Im Garten war Bernie damit beschäftigt, ein paar Stühle aus dem Gartenschuppen zu holen, damit wir alle am Tisch Platz fanden. Hoagie war nirgends zu sehen. Er erschien gemeinsam mit Tom ein paar Minuten später auf der Bildfläche. Die beiden trugen gemeinsam einen riesigen Drahtkorb voller Getränkeflaschen und stellten ihn neben dem Tisch ab. Tom holte ein paar Flaschen Saft heraus, während Hoagie Bierflaschen hervorkramte. Zum Frühstück!

»Alkoholfrei«, sagte Bernie, als er die Flaschen köpfte und meinen Blick sah. »Aber Schaum gehört in jedes Glas!«

»Wir sind echt froh, dass wir bei euch unterkommen konnten!«, sagte Frankie, als er sich auf einen Stuhl fallen ließ. »Ist viel besser als in irgendeinem Hotel in irgendeiner Stadt.«

»Wohnt ihr denn öfters privat bei Leuten?«, fragte Tom.

»Nö«, sagte Frankie. »Unser Manager hat es verpeilt. Der schläft jetzt in irgendeiner Jugendherberge und braucht eine halbe Stunde mit dem Auto bis zur Festivalwiese.«

Die anderen grinsten.

»Ich find's toll hier«, sagte Ralle und nahm sich das nächste Brötchen. »Ganz nah beim Festival und trotzdem so ruhig und gemütlich.«

»Ihr seid richtig berühmt, oder?«, platzte Tom heraus.

»Na ja«, sagte Sandy und wiegte den Kopf hin und her. »Wenn man Heavy-Metal macht, ist man nicht so berühmt wie ein Rapper oder so. Pop und Rap und Hip-Hop und so was hört jeder. Alles, was im Radio kommt, eben. Unsere Musik ist eher was für Fans. Aber in der Metal-Szene kennt man uns, das stimmt.« Sie lächelte.

Ich mochte Sandy. Sie klang selbstbewusst, ohne arrogant

rüberzukommen. Und ich fand sie sehr hübsch, vor allem, wenn sie lächelte. Ihr Vorderzahn, der dabei hervorlugte, machte sie zu etwas Besonderem.

Wir quatschten eine Weile, und es war fast so, als würden wir HOWIES LITTLE SISTER schon ewig kennen. Sie erzählten uns eine ganze Menge über ihre Musik und wie es war, zusammen auf Tournee zu sein.

So, wie sie miteinander umgingen, erinnerten sie mich an Tom, Mira und mich. Wie Geschwister, also. Nur waren einige von ihnen bärtig, düster geschminkt und hatten Stimmen wie röhrende Hirsche.

Wie aufs Stichwort kam Mira in den Garten und hielt sich die Hand vor die Augen. »Boah, ist das hell«, sagte sie und ließ sich neben Sandy auf den letzten freien Stuhl fallen.

»Kaffee?«, fragte Frankie grinsend und füllte ihr einen Becher mit der dampfenden Flüssigkeit. Mira nickte wortlos.

»Jetzt haben wir euch die ganze Zeit zugetextet«, sagte Bernie. »Erzählt ihr doch mal, wie ist das denn bei euch so? Habt ihr schon mal abgefahrene Sachen mit euren Hausgästen erlebt?«

Er lehnte sich gemütlich zurück. Die Band wartete gespannt.

Meine Geschwister und ich wechselten einen Blick. Natürlich konnten wir nichts erzählen. Wir hatten ja noch nie Hausgäste gehabt! Ich überlegte fieberhaft, was alles hätte passiert sein *können*, wenn wir Gäste gehabt *hätten*, aber mir fiel einfach nichts ein, und Tom und Mira schien es nicht anders zu gehen. Jetzt lief ich auch noch rot an! Ich spürte, wie meine Wangen heiß und heißer wurden.

Die Bandmitglieder schauten etwas ratlos drein, vermutlich, weil wir alle komplett verstummt waren. Ich merkte, dass wir keine Chance mehr hatten, unsere Story aufrechtzuerhalten. Von wegen, wir hätten das schon oft gemacht.

»Also, ehrlich gesagt seid ihr unsere ersten Hausgäste«, platzte ich heraus.

»Oha«, sagte Sandy überrascht. Dann kniff sie die Augen zusammen und spielte gedankenverloren an ihrem Lippen-Piercing herum. »Dann gehe ich mal davon aus, eure Eltern haben nicht die leiseste Ahnung, was hier abgeht, während sie weg sind?« Sie grinste.

»M-mh«, sagte Mira und schüttelte den Kopf.

Hoagie guckte uns nacheinander verblüfft an und begann schallend zu lachen. »Na, ihr seid mir ja eine Truppe!«, sagte er. »Als ich jung war, haben meine Brüder und ich immer Partys veranstaltet, wenn die Eltern aus dem Haus waren. Und ICH bin mir damals so cool dabei vorgekommen. Das ist ja gar nichts gegen euch! Ihr vermietet gleich mal das ganze Haus!«

Er haute sich auf die Schenkel und konnte sich gar nicht mehr beruhigen.

»Top!«, sagte Frankie grinsend und hob den Daumen. »Vor allem, dass ihr das zusammen durchzieht!«

»Und es ist wirklich okay, dass wir hier sind?«, fragte Sandy. »Kriegt ihr denn nicht tierischen Ärger, wenn das rauskommt?«

»Ach was«, sagte Tom. »Das kommt schon nicht raus!«

In diesem Moment klingelte sein Handy. Tom zog es aus der Tasche, und sein lässiges Grinsen gefror, als er auf das Display schaute. »Scheiße«, sagte er. »Das ist Mama!«

Alle verstummten auf einen Schlag, und Tom ging ein paar Schritte von uns weg, bevor er das Gespräch annahm.

»Hier ist alles super!«, hörten wir ihn sagen, bevor er um die Ecke Richtung Vorgarten verschwand.

»Da drücke ich euch mal kräftig die Daumen«, sagte Ralle grinsend. »Dass es nicht rauskommt, meine ich. Hier in dem kleinen Kaff kriegt doch jeder alles mit, oder? Ich meine, eure Nachbarn müssten doch merken, dass wir da sind! Wir sind ja nicht zu übersehen. Oder zu überhören.«

»Die sind in Urlaub«, sagte Mira. »Beide, die links und die rechts von uns.«

»Okay«, sagte Ralle. »Und warum macht ihr das überhaupt? Also, uns hier einquartieren. Langeweile? Neugier? Braucht ihr Kohle?«

»Kohle«, sagte ich wie aus der Pistole geschossen.

Alle lachten.

Tom tauchte am Gartenrand auf, das Handy noch am Ohr, und winkte hektisch zu uns herüber. Mama will mit euch sprechen!, bedeutete er Mira und mir mit Zeichen.

Oha. Da mussten wir jetzt durch, sonst würden unsere Eltern vermutlich misstrauisch werden. Wir gingen also zu Tom, und als erste nahm ich das Handy entgegen.

»Hallo Liebes!«, sagte Mama. »Ist bei euch wirklich alles in Ordnung?« Sie klang etwas besorgt.

»Na klar!«, sagte ich. »Was soll denn nicht in Ordnung sein?«

Im Hintergrund sah ich Hoagie die nächste Bierflasche köpfen.

»Ich weiß nicht«, sagte Mama. »Ach, vielleicht ist es auch nur ungewohnt, so weit weg von euch zu sein. Ich freue mich ja so, deine Stimme zu hören! Erzähl doch mal ein bisschen!«

Es war eine echte Herausforderung, so lange mit Mama zu sprechen, dass sie nicht misstrauisch wurde, ohne versehentlich etwas zu verraten. Ich war froh, als ich das Handy an Mira weiterreichen konnte. Während ich mich auf den Rückweg zu unseren Gästen machte, kam ich an Valentinas Häuschen vorbei, und mir fiel ein, dass ich ihr noch gar kein Futter gegeben hatte heute Morgen. Ich kniete mich hin, um sie zu begrüßen, aber in ihrem Häuschen konnte ich sie nicht finden. Und dann erschrak ich zu Tode.

Ihr Drahtkorb war verschwunden! Wir haben einen großen Drahtkorb, den wir immer über Valentina stülpen, wenn sie außerhalb ihres Geheges unterwegs ist. Er ist groß genug, dass sie eine Weile darin umherspazieren kann, und sorgt dafür, dass immer ein neues Stück Rasen abgeknabbert wird.

Jetzt war der Korb nirgends zu sehen, und noch schlimmer: *Valentina* war nirgends zu sehen!

Sandy hatte offenbar bemerkt, dass etwas nicht stimmte. Sie sah mich fragend an. »Was ist denn los?«, fragte sie.

»Valentina ist weg!«, rief ich. »Unsere Schildkröte!«

In diesem Moment kamen Tom und Mira zurück, und beide schauten mich erschrocken an.

»Scheiße«, sagte Tom zum zweiten Mal für heute.

»Wo ist denn Valentinas Drahtgehege?«, fragte ich. »Das war doch gestern noch da, als ich ihr Salat gegeben habe!«

»Oh Mist«, sagte Hoagie. »Ich hab das wohl für einen Korb gehalten.« Er zeigte schuldbewusst auf den Drahtkorb mit den Getränken darin.

Ich schluckte. »Du konntest ja nicht wissen, dass das ein Gehege ist und kein Korb«, sagte ich. »Und wenn man nicht weiß, dass da eine Schildkröte drunter ist, sieht man sie auch nicht, so gut getarnt, wie sie ist.« Dann drehte ich mich zu Tom um. »Aber DU!«, fauchte ich. »Du hast Hoagie vorhin beim Tragen geholfen, du hättest doch merken müssen, dass das Valentinas Gehege ist!«

Tom war blass. »Scheiße«, murmelte er zum dritten Mal an diesem Morgen. »Tut mir echt leid!«

»Ja, davon hat aber Valentina nichts!«, rief ich. Mittlerweile war ich wirklich unruhig.

»Wir sollten sie suchen!«, sagte Ralle und stand auf. »Aber schleunigst! Meine Eltern haben auch eine Schildkröte. Die Dinger sind viel schneller, als man meint!«

»Wie bei dir«, sagte Bernie. »Du bist auch schneller, als man meint!«

Alle halfen mit. Wir schwärmten in alle Richtungen aus, und immer wieder rief ich: »Valentina!« Das nutzte natürlich nichts, denn Schildkröten machen keine Geräusche. Sie würde mir kaum antworten. Trotzdem konnte ich nicht anders.

Wir suchten und suchten, aber Valentina war nicht aufzufinden. Ich war den Tränen nahe. Von hier aus konnte sie leicht aufs angrenzende Feld gelangt sein, wir hatten keinen Zaun nach hinten raus, sondern nur ein paar Büsche am Gartenrand. Und wenn wir sie nicht bald fanden, war sie vielleicht für immer verschwunden!

Plötzlich rief Bernie: »Hey, schaut mal! Ich glaub, da ist sie!« Er stand an der Hecke zum Nachbargrundstück. So groß, wie er war, konnte er bequem darüber schauen. Dann veränderte sich sein Gesichtsausdruck, und er sagte: »Oh verdammt!« Er versuchte, sich durch die Hecke zu schieben, aber das Geäst war zu dicht.

»SISTERS!«, rief Bernie. »Stage Diving!«

Frankie stellte sich vor die Hecke und formte die Hände zu einer Räuberleiter. Bernie stieg hinein, und Hoagie schob ihn mit seinen muskulösen Armen von unten an, als wäre das gar nichts.

»Eins, zwei, drei …!«, zählte Hoagie, und mit jeder Zahl gab er Bernie ein bisschen mehr Schwung. Schließlich rief er: »JETZT!«, und versetzte Bernie einen solchen Schubs, dass der volle Lotte über die Hecke segelte.

Auweia! Hätte mal jemand *mich* gefragt! Es gab einen viel einfacheren Weg in den Nachbargarten! Ich rannte die Hecke entlang bis in den Vorgarten, sprang über das niedrige Mäuerchen, das unsere beiden Einfahrten voneinander trennte, und rannte von vorne in den Garten der Beckers.

Die waren ja vor ein paar Tagen in Urlaub gefahren, ich musste also nicht darauf achten, dass mich keiner sah. Noch bevor ich ihre Terrasse erreicht hatte, hörte ich ein Plätschern und erstarrte. Die Beckers hatten einen Pool! Es klang ganz so, als hätte Bernie das auch herausgefunden! Jetzt legte ich einen Gang zu und rannte, so schnell ich konnte, nach hinten. Bernie trat Wasser und spuckte eine Fontäne aus. Mit der rechten Hand hielt er Valentina hoch wie eine Trophäe.

»Gerettet!«, rief er. »Sie war gerade reingefallen, als ich gelandet bin!«

Ich ging so nah an den Beckenrand, wie ich konnte, und streckte mit klopfendem Herzen meine Hände aus. Bernie legte Valentina vorsichtig hinein.

»Valentina!«, rief ich erleichtert und rieb meine Nase sanft an ihrem Köpfchen. »Alles in Ordnung?«

Dann hielt ich sie ein Stück weg, sodass wir uns in die Augen schauen konnten. Valentina sah genauso friedlich aus wie immer. Sie reckte mir ihr Köpfchen entgegen und ließ sich unterm Hals kraulen. Das mochte sie besonders gern.

Bernie winkte aus dem Pool heraus und strahlte übers ganze Gesicht.

»Danke!«, rief ich. »Das war toll!«

»Immer gern!«, rief er.

Und genau in diesem Moment hörte ich die Stimme eines Mannes, die mir vage bekannt vorkam: »Was ist denn hier los?« Ich drehte mich um und erstarrte vor Schreck. Das war Wolfgang, der Sohn unserer Nachbarn! Er war ungefähr so alt wie meine Eltern und wohnte in der Stadt. Wahrscheinlich war er hergekommen, um nach dem Rechten zu sehen! »Charlie?«, sagte er mit zusammengekniffenen Augen. »Bist *du* das?«

»Entschuldigung!«, sagte ich. »Unsere Schildkröte ist in Ihren Garten gekrochen, und wir haben sie gerettet!«

»Aus dem *Pool*?«, fragte Wolfgang und starrte Bernie an, der sich beeilte, aus dem Schwimmbecken zu klettern.

»Ja«, sagte ich. »Valentina ist reingefallen, und Bernie hat sie gerettet!«

»Aha«, sagte Wolfgang und musterte uns skeptisch. Ich hoffte inständig, dass er seinen Eltern nichts davon erzählen würde. Darum bitten konnte ich ihn nicht, ohne dass er noch misstrauischer werden würde.

»Es ist nichts passiert, wirklich nicht!«, sagte ich.

»Kein Problem«, sagte Wolfgang mit schmalen Augen.

»Dann gehen wir jetzt mal wieder«, sagte ich mit klopfendem Herzen. Dieser Wolfgang war nicht so locker, wie ich gehofft hätte.

»Ja, wir gehen dann mal wieder«, sagte Bernie und formte mit der Hand eine Pommesgabel, das Zeichen aller Heavy-Metal-Fans. »Cooler Pool, wirklich!«

Ich schloss die Augen und zählte innerlich bis drei.

Dann sagte ich, so ruhig ich konnte: »Auf Wiedersehen und einen schönen Tag noch!«, griff mit meiner freien Hand nach Bernies Arm und zog ihn hinter mir her Richtung Straße.

Ich war froh, als wir wieder in unserem Garten waren und kurz darauf das Auto von Wolfgang wegfahren hörten.

Valentina war der Star des Tages und wurde von einem zum anderen durchgereicht. Sie war zum Glück nicht ängstlich, sondern reckte ihren Kopf neugierig in alle Richtungen und schien die Aufmerksamkeit richtig zu genießen.

»Es tut mir leid, dass ich dich übersehen habe«, sagte Hoagie und streichelte Valentinas Köpfchen. Sie schmiegte sich an seinen Finger, das sah total süß aus. »Ich bin ein alter Rocker mit schlechten Ohren und noch schlechteren Augen. Ich hoffe, du verzeihst mir!«

Valentina bewegte den Kopf, als würde sie »ja« antworten. Hoagie lächelte.

»Ich hab eine Idee«, sagte Tom plötzlich und verschwand im Haus. Kurze Zeit später kehrte er zurück und schnappte sich Valentina. Er setzte sie vor sich auf dem Tisch ab, zog einen Stift aus seiner Hosentasche und begann, auf ihren Panzer zu schreiben.

»He!«, rief ich. »Was machst du denn da?!«

»Ganz ruhig«, sagte Tom. »Kannst ganz unbesorgt sein. Das ist komplett unschädlich!«

Ich war skeptisch, aber ich beschloss, Tom zu glauben. Er hat Ahnung von seinen Zeichenstiften und würde nie etwas tun, was Valentina schadet. Valentina schien es sogar zu mögen. Sie hielt ganz still, während Tom vorsichtig auf ihren Panzer zeichnete.

»Was wird das denn?«, fragte Ralle neugierig und schaute Tom über die Schulter. »Sieht gut aus!«

»Wenn ich fertig bin, kann niemand mehr Valentina übersehen!«, sagte Tom.

»Coole Idee«, sagte Hoagie.

Als Tom stolz das Ergebnis präsentierte, musste ich zugeben, dass es wirklich gelungen war: *I'm a pool-survivor* stand in hübsch geschwungenen, silbern glänzenden Buchstaben auf Valentinas Panzer. Bernie durfte sie kurz halten, damit wir ein Foto mit Valentina und ihrem Retter machen konnten, und dann beförderten wir die Getränkeflaschen in einen Einkaufskorb und setzten Valentina mit einem frischen Salatkopf unter ihr Drahtgehege. Den Rest des Vormittags verbrachten wir damit, uns gegenseitig Geschichten von Haustieren zu erzählen und Tiervideos auf YouTube zu schauen. Ich hätte es nicht für möglich gehalten, wenn es mir jemand vor einer Woche gesagt hätte, aber mit unseren Gästen von HOWIES LITTLE SISTER fühlte sich das Gartenfrühstück an wie ein Familienfest.

Also, das war so …

Es half nichts. Wir konnten uns nicht ewig vor einer Antwort drücken. Papa stand immer noch im Garten mit Valentina in der Hand und wartete. Trotzdem wollte ich nicht als Erste mit Papa reden, weil es mir so schwer fällt, ihn anzuschummeln. Deswegen wartete ich, bis meine Geschwister in den Garten kamen. Mira und Tom sahen ziemlich nervös aus. Vermutlich ahnten sie, was los war, als sie Papa mit Valentina sahen.

»Na?«, sagte Papa barsch. »Wer will erzählen, was das hier sein soll?« Anklagend hielt er Valentina hoch. Man konnte auf ihrem Panzer noch schwach die Silberschrift erkennen, die Tom aufgemalt hatte. Ein paar Buchstaben waren bereits verschwunden. Jetzt stand da: *I a p ol-s r iv* . Valentina schien die ganze Aufregung nichts auszumachen. Sie schaute entspannt umher.

»Ich, äh«, sagte Tom. »Also, das, das war ich.«

»Du?«, sagte Papa. »Soll das witzig sein? Und was hat das überhaupt zu bedeuten?«

Tom schluckte. In diesem Moment kam Mama in den Garten. Sie hielt etwas in der Hand und schwenkte es direkt vor unseren Nasen hin und her, als sie bei uns angekommen war. Es war eine silberne Kette mit Totenkopf-Anhänger.

»Was ist das?«, fragte sie mit einem Unterton, der nichts Gutes verhieß. »Und was meint Frau Becker, wenn sie zu mir sagt: Das hat unser Sohn in unserem Pool gefunden. Gehört vermutlich dem Retter der Schildkröte.«

Ach du Schande!

Mein Kopf war wie leer gefegt.

Hilfe suchend sah ich zu Tom und Mira.

»Äh«, sagte Tom. »Also, das war so... Ein paar Freunde von mir waren da, und dann ist Valentina weg gewesen, und dann haben wir sie gesucht, und sie war im Garten von Beckers und ist in den Pool gefallen, und mein Kollege Alex hat sie da rausgeholt. Dabei muss er seine Kette verloren haben. Genau, so war das!« Tom stellte sich gerade ziemlich doof an beim Lügen, fand ich. Unsere Eltern schauten ihn skeptisch an.

»Aha«, sagte Mama. »Und wann wolltet ihr uns davon erzählen?«

»Hab's vergessen«, nuschelte Tom.

»Vergessen«, sagte Papa. »Soso. Dann will ich sehr hoffen, dass es nicht noch mehr gibt, was ihr vergessen habt.«

»Nein, nein«, beteuerte Tom.

»Ach, woher denn«, sagte Mira und sah Papa treuherzig an.

»Natürlich nicht«, sagte ich.

Papa schüttelte den Kopf und sah Tom streng an.

»Eine Schildkröte anmalen, wirklich. Und so was wird bald volljährig!« Er seufzte.

»Na ja«, sagte Mama. »Vielleicht sollten wir dankbar sein, dass nicht noch mehr passiert ist. Wenn man da an die Geschichten denkt, die andere Eltern erleben, wenn sie nach Hause kommen… Da sind wir mit unseren Kindern wirklich gut bedient.« Mira, Tom und ich sahen uns an. Und wieder war ich mir sicher, dass wir das Gleiche dachten: »Wenn *ihr* wüsstet!«

Was um alles in der Welt ist denn *das*?

»Könnt ihr mir bitte was erklären?« Mama stand im Wohnzimmer und hatte die Hände in die Hüfte gestemmt. Es war noch keine 48 Stunden her, dass unsere Eltern aus dem Urlaub zurückgekehrt waren.

Mira und ich sahen uns alarmiert an. Wir spielten UNO und hatten Mama gar nicht reinkommen hören.

Verdammt, was haben wir diesmal übersehen?, bedeutete Miras Blick, und genau das Gleiche schoss mir selbst gerade durch den Kopf.

»Was ist denn passiert?«, fragte

Mira. Sie klang nervös. Hoffentlich merkte Mama das nicht auch!

»Nun«, sagte Mama. »Ich war einkaufen und bin Frau Brunner über den Weg gelaufen. Ich wüsste durchaus gerne, warum sie mir ihre Hände unter die Nase gehalten und gesagt hat, dass sie sich ja erst mal daran gewöhnen musste, aber dass meine Vertretung ja doch ganz tolle Arbeit geleistet hat!«

Mist! Mistmistmist! Mira sah mich entsetzt an. Frau Brunner hatten wir gar nicht mehr auf dem Schirm gehabt! Wir hatten nur daran gedacht, im Haus aufzuräumen. Und nicht mal das hatten wir richtig geschafft.

»Na?«, sagte Mama und schaute von Mira zu mir und wieder zurück. »Wer hat denn meine Vertretung übernommen? Und wieso weiß ich davon nichts?«

In meinem Kopf ratterte es. Ich hatte überhaupt keine Ahnung, wie wir aus *der* Nummer herauskommen sollten. Und was wirklich passiert war, durfte Mama auf keinen Fall erfahren!

Die Wahrheit über die Sache mit Frau Brunner

Es war der Nachmittag des Tages, an dem Valentina ausgebüxt war. Ich lag auf einem der Sofas im Wohnzimmer und las. Das Haus war noch voll, die Band wollte erst am frühen Abend zum Festival aufbrechen, und ich war froh darüber. Ich mochte es, wenn ich hörte, dass Leben im Haus war.

Irgendwo spielte jemand Gitarre, im Bad rauschte das Wasser aus der Dusche, und Mira und Sandy saßen auf dem Sofa neben meinem, unterhielten sich und schauten irgendwelche Videos auf YouTube. Plötzlich klingelte es an der Haustür. Ich schaute auf die Uhr. Es war kurz vor zwei. Vielleicht hatte der Postbote ein Paket für uns? Dann klingelt er nämlich immer, um es persönlich abzugeben. Weil Mira sich nicht rührte, legte ich seufzend mein Buch weg und ging zur Tür.

Es war aber gar nicht der Postbote, der geklingelt hatte, sondern eine Frau mit kurzen, grauen Haaren.

»Guten Tag«, sagte sie freundlich. »Brunner mein Name. Ich habe einen Termin zur Maniküre.«

»Oh«, sagte ich. »Das ist seltsam. Meine Mama ist nämlich gar nicht da.« Diese Frau Brunner sah mich verwirrt an.

»Aber wir hatten doch heute ausgemacht?«, sagte sie. »Moment bitte.« Sie kramte ihr Handy hervor und tippte darauf herum.

»Hier, da steht es: *Heute 14 Uhr Nagelstudio Alma.*«

Sie hielt mir das Handy vor die Nase. Es stimmte.

»Das tut mir leid«, sagte ich. »Ich weiß nicht, wie das passieren konnte. Mama ist leider in Urlaub, und sie kommt erst nächste Woche wieder.«

»Aber was mache ich denn jetzt?«, rief Frau Brunner entsetzt. »Ich muss doch morgen zur Hochzeit meiner Nichte, so schnell finde ich doch keinen Ersatz, der mir die Nägel machen kann!« Sie sah richtig verzweifelt aus, und ich kaute an meiner Unterlippe und überlegte fieberhaft, wie ich ihr helfen könnte. Ich hatte Mama früher mal dabei zugesehen, wie sie ihren Kundinnen die Hände manikürt hatte, aber es war mir schnell langweilig geworden. Ich konnte Frau Brunner also bestimmt nicht helfen. Aber vielleicht konnte Mira das? Sie stylt sich ja ständig neu, da war es immerhin möglich, dass sie auch Fingernägel machen konnte.

»Ich kläre etwas ab«, sagte ich, so professionell ich konnte. »Möchten Sie einen Augenblick bei einem Glas Wasser in der Küche warten?«

»Gerne«, sagte Frau Brunner und folgte mir ins Haus. Früher hätte ich so was nie gemacht, einfach jemand hereinzubitten. Aber jetzt, wo wir so eine Art vorübergehende Fremdenpension hatten, machte es mir richtig Spaß, mich um Gäste zu kümmern. Ich fragte Frau Brunner, ob sie lieber ein Kaltgetränk oder Kaffee wollte. Irgendjemand hatte nämlich offensichtlich vor Kurzem frischen Kaffee aufgebrüht, denn die Kanne stand noch halb voll auf der Warmhalteplatte der Kaffeemaschine.

»Das ist aber nett. Kaffee, bitte«, sagte Frau Brunner.

Ich füllte eine hübsche, weiße Tasse mit Rosenmuster, legte ein paar Kekse dazu auf die Untertasse und stellte alles mit einem Milchkännchen und der Zuckerdose auf den Tisch.

»Das ist ja mal ein toller Service«, staunte Frau Brunner. »Das werde ich überall erzählen!«

»Vielen Dank«, sagte ich, »das freut uns sehr! Ich bin gleich wieder zurück!«

Es machte mich ziemlich stolz, dass ich wusste, wie man

mit Gästen umgeht. Jetzt hoffte ich nur noch, dass Mira sich mit Maniküre auskannte.

Sie schaute immer noch YouTube-Videos mit Sandy. Anscheinend ging es um Styling, soweit ich das sehen konnte. Das passte ja!

»Hi«, sagte ich. »Ich muss mal kurz stören.«

Sandy stoppte das Video auf ihrem Handy und lächelte mich freundlich an.

»Was IST denn?«, fragte Mira deutlich weniger freundlich.

»Sorry«, sagte ich. »Aber in der Küche wartet eine Frau, die heute einen Termin für ihre Fingernägel in Mamas Nagelstudio hat. Da muss irgendwas schiefgelaufen sein, aber sie braucht dringend jemanden, der ihr die Nägel macht. Sie muss morgen zu einer Hochzeit und kann nicht warten, bis Mama wieder da ist.«

»Tja, das ist Pech«, sagte Mira mitleidlos und zuckte mit den Schultern. Manchmal konnte sie wirklich herzlos sein!

»Kannst *du* das nicht für Mama übernehmen?«, fragte ich. »Du hast doch Ahnung von so was.«

»Nö«, sagte Mira. »Außer Frau Brunner will Dreadlocks oder grüne Haarsträhnen oder künstliche Wimpern. *Das* kriege ich hin.«

Ich musste grinsen, als ich mir Frau Brunner mit grünen Dreadlocks und langen Wimpern vorstellte.

»Und Fingernägel nicht?«, fragte ich noch mal hoffnungsvoll.

»Lackieren kann ich«, sagte Mira. »Aber nur meine, nicht die von anderen. Da kleckere ich über den Rand. Und so was mit Aufkleben und so, nee, das krieg ich nicht hin.« Ich seufzte enttäuscht. »Dann schick ich Frau Brunner nach Hause«, sagte ich und machte mich auf den Rückweg.

»Warte mal!«, rief Sandy plötzlich. »Also, ICH könnte vielleicht aushelfen!«

Ich blieb stehen. »Du?«, fragte ich.

Sandy nickte. »Schau mal!« Sie hielt mir ihre Hände hin.

Ihre Nägel waren spitz zugefeilt und glänzten feuerrot. Auf jedem Nagel war ein Glitzerbuchstabe aufgeklebt, und wenn sie die Hände nebeneinanderhielt, ergaben die Nägel nebeneinander den Satz *Kiss or Kill.*

»Das sieht schön aus«, sagte ich vorsichtig. »Aber ich glaube, das trifft nicht ganz Frau Brunners Geschmack.«

»Das macht nichts«, sagte Sandy. »Ich hab ganz viel Auswahl in meinem Maniküreköfferchen. Da findet sich bestimmt auch etwas für Frau Brunner. Was Festliches für eine Hochzeit kriege ich bestimmt hin!«

Na, das klang doch gut! »Okay«, sagte ich. »Dann sag ich Frau Brunner Bescheid. Mira, bringst du Sandy ins Studio?«

Mira stöhnte übertrieben und schraubte sich so demonstrativ langsam aus dem Sofa hoch, als wäre sie mindestens achtzig.

»Von mir aus«, sagte sie genervt.

Frau Brunner freute sich sehr, als ich ihr die gute Nachricht überbrachte.

»Da bin ich aber erleichtert!«, rief sie. »Das ist ja ein toller Service, das werde ich überall erzählen!«

Ich war stolz, dass ich die Situation so gut geregelt hatte, und führte Frau Brunner in den Keller, wo Mamas Nagelstudio lag, als ob ich das schon hundert Mal gemacht hätte.

Ich erklärte Frau Brunner, dass es noch einen kleinen Moment dauere, wir müssten wegen der Hygienevorschriften noch die Geräte abkochen (das hatte ich Mama mal sagen hören), und bot ihr an, im Lesesessel im Flur zu warten und ein bisschen zu lesen. Dort lagen immer Zeitschriften von Mama herum.

Sandy hatte sich ganz schön beeilt, es dauerte keine zwei Minuten, bis sie mit einem Köfferchen in der Hand herunterkam. Ich ging mit ihr ins Studio und sah zu, wie sie den Koffer öffnete und alles auf dem kleinen Tisch unter dem Fenster zurechtlegte, auf dem Mama auch immer arbeitet.

Sandy warf einen neugierigen Blick auf die Beinprothese, die neben dem Tisch stand. Das war meine erste, die ich nach dem Unfall bekommen hatte. Als sie durch Thea ersetzt wurde, hatte ich sie Mama zu Weihnachten geschenkt, damit sie darauf die hübsch bunten, künstlichen Zehennägel präsentieren kann, die sie ihren Kundinnen anbietet.

»Das war meine erste«, erklärte ich schüchtern. »Die wollte ich nicht einfach wegwerfen.«

»Wie cool«, sagte Sandy. »Und deine Mama hat ihr einen Ehrenplatz gegeben.« Ich fand es süß, wie sie das sagte und mich dabei anlächelte.

Fasziniert sah ich zu, wie Sandy ihren ganzen Kram auspackte: Es gab bestimmt zwanzig Sets mit künstlichen Nägeln und mindestens genauso viele kleine Dosen mit Glitzer,

Pailletten und all solchen Sachen zum Aufkleben auf die Nägel, dann noch eine Menge Feilen und kleine Scheren und Alkohol zum Desinfizieren und Wattebällchen und kleine Gummipuffer, die ich nicht kannte.

»Das sind Zehentrenner«, erklärte Sandy. Die steckt man zwischen die Zehen, dann berühren sie sich nicht, während der Nagellack trocknet.«

»Von Zehennägeln hat Frau Brunner nichts gesagt«, wandte ich ein.

»Ach, das macht nichts«, sagte Sandy und winkte ab. »Ich mache ihr einen hübschen Komplettlook, damit wird sie sehr zufrieden sein!«

Jetzt wurde ich doch ziemlich neugierig.

»Darf ich zugucken?«, fragte ich.

»Klar«, sagte Sandy. »Wenn dir das nicht zu öde ist?«

»Nö«, sagte ich.

Und das war es nicht. Ganz und gar nicht.

Als Sandy Frau Brunner begrüßte, hob die erstaunt die Augenbrauen. Vermutlich hatte sie jemanden wie meine Mutter erwartet und wunderte sich jetzt über Sandys außergewöhnliches Aussehen. Aber sie sagte nichts und ließ sich bereitwillig Sandys Auswahl an künstlichen Nägeln zeigen. Allerdings wurde ihr Gesicht dabei dann doch länger und länger. Sandy präsentierte alles, was sie dabeihatte, und das war eine ganze Menge: schwarze und leuchtend rote Fingernägel und dann noch welche in allen möglichen dunklen Schattierungen: dunkelgrün, dunkellila und so weiter. Aber Frau Brunner hatte offenbar etwas anderes erwartet.

»Haben Sie vielleicht einen zarten Naturton?«, fragte sie vorsichtig.

»Hm«, sagte Sandy. »Leider nein. Aber wie wäre es mit diesem wunderschönen Dunkelblau?« Sie hielt ein Set mit zehn langen Nägeln ins Licht, das mir gut gefiel. Die Farbe sah aus wie ein dunkler, schimmernder Bergsee.

»Man könnte es probieren«, sagte Frau Brunner zögernd. »Meine Schuhe sind auch dunkelblau.«

»Prima!«, rief Sandy. »Und die Verzierungen mache ich dann aus Strasssteinchen!«

»Wenn Sie meinen«, sagte Frau Brunner unsicher. »Sie sind der Profi.«

»Dann lege ich jetzt los«, sagte Sandy fröhlich. »Am besten schließen Sie die Augen und entspannen sich.«

»Ich bringe ihnen gerne meinen MP3-Player«, sagte ich. »Wenn Sie etwas Meditationsmusik hören wollen?«

»Danke, gern!«, sagte Frau Brunner als ich ihr das kleine Gerät gegeben hatte. »Der Service ist wirklich exzellent, das werde ich überall weitererzählen!«

Während Frau Brunner meditierte, schaute ich Sandy neugierig bei der Arbeit zu. Bei Mama fand ich das immer schnell langweilig, aber Sandy hatte ganz andere Sachen als Mama. Als sie die dunkelblauen Kunstnägel auf Frau Brunners Nägel angebracht hatte, dachte sie eine Weile über die Verzierung nach. »Es müsste was Festliches sein, wegen der Hochzeit und so«, sagte sie. »Ich habe allerdings eher was für Beerdigungen im Angebot.« Sie grinste und zeigte auf ein Set aus glitzernden Totenköpfen.

Ich musste kichern, als ich mir vorstellte, wie Frau Brunner mit Totenköpfen auf den Fingern dem Brautpaar gratulierte.

»Hast du vielleicht was mit Rosen?«, schlug ich vor.

»Hm«, sagte Sandy. »Ja, Rosen hab ich. Und ich hab eine starke Idee!«

Begeistert griff sie sich ein paar Blätter mit Aufklebe-Buchstaben und Glitzerfolie heraus. Dann machte sie sich ans Werk. Sie klebte auf jeden Fingernagel einen Buchstaben, aber ich konnte nicht gut erkennen, was genau, weil ich am Kopfende des Tisches saß. Ich war gespannt, was Sandy sich hatte einfallen lassen, und konnte es kaum erwarten, das Ergebnis zu sehen.

»Na?«, fragte sie stolz, als sie fertig war. »Wenn das nicht passt, weiß ich auch nicht!«

Sie stand auf und machte Platz, sodass ich neben sie treten konnte und freie Sicht auf ihr Werk hatte. Wenn man Frau Brunners Hände nebeneinander sah, konnte man lesen: *Until we die*. Zehn Buchstaben für zehn Nägel. Und die i-Pünktchen bestanden aus kleinen Rosen.

»Das heißt: *Bis wir sterben*«, erklärte Sandy. »Passt doch perfekt zu einer Hochzeit! Da verspricht man sich ja, zusammenzubleiben, *bis der Tod uns scheidet*. Das waren aber zu viele Buchstaben, deswegen habe ich es ein bisschen abgeändert. So passt es genau. Toll, oder?«

Es sah hübsch aus, und Sandy hatte sich wirklich Gedanken gemacht. Ich hoffte bloß, dass es Frau Brunner auch gefallen würde. Da war ich mir nicht ganz so sicher.

»Frau Brunner?«, fragte ich, aber sie antwortete nicht. Sie war beim Meditieren eingeschlafen und schnarchte wie ein Rhinozeros.

»Na, wenn sie sowieso schläft, mache ich ihr schnell noch die Zehen«, sagte Sandy. Sie hob vorsichtig Frau Brunners Beine hoch, zog ihr die Schuhe aus und legte los. Zuerst feilte sie Frau Brunners Zehennägel, dann lackierte sie sie dunkelblau und klebte irgendwelche durchsichtigen Folien auf.

Als sie fertig war, stand sie auf und ließ die Rollläden herunter. Dann löschte sie das Licht, knipste eine kleine Taschenlampe an und hielt sie auf Frau Brunners Zehen. Wie von Geisterhand gemalt erschienen leuchtende Buchstaben auf den Zehennägeln, die nebeneinander einen Spruch bildeten.

PARTY NIGHT, las ich vor. »Stark, oder?«, sagte Sandy begeistert.

Je nachdem, wie man den Kopf bewegte, schienen die Buchstaben hervorzutreten, fast so wie ein 3-D-Effekt. »Das ist für den Abend, da wird auf Hochzeiten meistens getanzt«, erklärte Sandy. »Sieht man nur im Schwarzlicht. Das ist so ein besonderes Licht, wie dieses hier.« Sie schwenkte die kleine Leuchte, mit der sie die Nägel angestrahlt hatte. »Das haben die da hoffentlich bei der Hochzeitsdisco auch.«

»Vielleicht zeigen wir das Frau Brunner eher noch nicht«, sagte ich. »Damit sie eine gelungene Überraschung erlebt, wenn sie es beim Tanzen entdeckt!«

»Super Idee!«, sagte Sandy begeistert und hielt mir ihre Hand zum Abklatschen hin. Sie zog die Rollläden wieder hoch, während ich das Licht anknipste und Frau Brunner vorsichtig aufweckte.

»Na«, sagte Sandy und deutete auf Frau Brunners Finger. »Was sagen Sie?«

»Oh«, sagte Frau Brunner stirnrunzelnd, als sie auf ihre Hände schaute. »Das ist… außergewöhnlich. Außergewöhnlich schön, meine ich!«

»Extra für die Hochzeit«, sagte Sandy. »Als Motto. Und wenn Sie später tanzen, werden Ihre Fußnägel das absolute Highlight auf der Tanzfläche sein!« Sie zwinkerte mir zu.

Frau Brunner betrachtete stirnrunzelnd ihre Füße.

»Ja, die Farbe passt genau zu den Fingernägeln!«, sagte sie. Ich war mir nicht sicher, was sie davon hielt, wenn sie im Schwarzlicht die leuchtenden Buchstaben entdeckte, aber glücklicherweise würde sie dann ja weit genug von hier weg sein.

»Was bin ich Ihnen schuldig?«, fragte Frau Brunner und zückte ihr Portemonnaie.

Sandy warf einen Blick auf die Preistabelle in Mamas Schublade.

»25 Euro«, sagte sie schließlich.

»Oh?«, sagte Frau Brunner. »Ich dachte, alles zusammen wäre viel teurer.«

»Die Zehennägel gehen aufs Haus«, sagte Sandy. »Das ist gratis, weil Sie mit mir vorliebnehmen mussten statt mit Charlies Mama.«

»Ach, das ist ja nett!«, sagte Frau Brunner erfreut. »Das ist ja ein toller Service! Das werde ich überall weitererzählen!«

Also, das war so …

Mama sah Mira und mich ungeduldig an. »Was ist denn jetzt?«, fragte sie. »Wer hat Frau Brunners Nägel gemacht?«

Mira räusperte sich.

»Ich«, sagte sie. »Ich war das.«

»Du?«, fragte Mama skeptisch. »Du hast doch immer gesagt, du hast zwei linke Hände, wenn es um künstliche Nägel geht?«

Mira schluckte.

»Ja, schon«, sagte sie. »Aber du warst ja nicht da, und ich wollte Frau Brunner nicht einfach wieder heimschicken. Es war ja offensichtlich ein wichtiger Termin, mit der Taufe und so.«

Ich war mir nicht sicher, ob Mama ihr das abkaufte. Selbst ich hörte, wie lahm Miras Erklärung klang.

»Hochzeit«, sagte ich schnell. »Es war eine Hochzeit.«

Mama sah von Mira zu mir und wieder zurück.

»Richtig«, sagte sie mit zusammengekniffenen Augen. »Es war eine Hochzeit. Und sie sagte, als ihre Zehennägel im Schwarzlicht geleuchtet hätten, wäre sie der Knaller der Party gewesen, und jeder wollte wissen, wo sie das hat machen lassen. Ich würde wohl in Zukunft ein paar Kundinnen mehr haben. Unser Service sei so toll gewesen, das hätte sie überall erzählt!«

Ich musste mir ein Lachen verkneifen.

»Na, dann ist doch alles prima«, sagte ich.

»Eigentlich ja«, sagte Mama langsam. »Aber ich hab gar keinen Nagellack, der im Schwarzlicht leuchtet. Und sie hat von *drei* patenten Mädchen gesprochen. Könnt ihr mir das erklären? Tom wird sie ja kaum gemeint haben!«

Mir wurde heiß.

»Tascha!«, rief Mira schnell. »Tascha war da und hat uns geholfen!«

Natascha ist Miras beste Freundin. Es war durchaus glaubwürdig, dass sie Mira besucht und mitgemacht haben könnte. Ich hoffte, dass Mama das schluckte.

»Soso«, sagte Mama nach einer Pause. »Da war es ja ein richtiges Glück, dass Tascha da war.«

Mira rieb sich die Nase. »Ja, das war es«, sagte sie.

Wenn man wusste, dass Mira das immer tat, wenn sie schwindelte, war das ein eindeutiges Zeichen, aber Mama sah gerade nachdenklich aus dem Fenster.

»Na dann«, sagte sie, »vielen Dank, Mira. Offenbar hast du ein verstecktes Talent entdeckt. Vielleicht magst du mir in Zukunft ja öfter zur Hand gehen?«

»Äh, ja, wenn ich mit den Fahrstunden fertig bin«, sagte Mira leichthin und rieb sich so heftig an der Nase, dass ein roter Fleck entstand.

»Natürlich«, sagte Mama und sah uns beide noch einmal misstrauisch an, bevor sie aus dem Zimmer ging.

»Gut gemacht«, flüsterte ich und grinste Mira an.

Mira grinste zurück.

»Wir sind halt ein super Team«, wisperte sie.

In diesem Moment hatte ich sie richtig gern.

Was um alles in der Welt ist denn *das*?

Ich hatte so gehofft, dass es das jetzt gewesen war mit dem Erfinden von Ausreden, aber da hatte ich mich schwer getäuscht.

»Tom! Mira!«, rief Papa. Er stand in unserer Einfahrt und hielt sich die Hand vor die Augen, um sie vor der Sonne abzuschirmen. Es war immer noch der Tag, nachdem unsere

Eltern zurückgekommen waren, und die Abendsonne war so warm, dass wir überall die Fenster offen stehen hatten. Vermutlich dachte Papa, es ist effektiver, wenn er bleibt, wo er ist, und brüllt, statt ins Haus zu kommen. Obwohl Papa *meinen* Namen gar nicht gerufen hatte, wurde mir flau im Magen. Seit gestern war IMMER, wenn unsere Eltern nach uns Kindern gerufen hatten, irgendwas im Busch gewesen. Es ist gar nicht so leicht, ein Geheimnis zu bewahren, kann ich euch sagen. Man muss an ganz vielen Ecken und Enden aufpassen, was man sagt, und es gibt so viele Dinge, an die man gar nicht denkt. Wir hatten schon die Sache mit dem Brief von der Versicherung wegen Lohengrin übersehen und das Haarwuchsmittel und Valentinas Panzer. Dass Frau Brunner die Sache mit Sandy und dem Nagelstudio weitererzählen könnte, hatten wir zwar befürchtet, aber leider vergessen, uns zu überlegen, wie wir damit umgehen sollten. Ich hoffte sehr, dass wir nicht schon wieder irgendeine Schwachstelle vergessen hatten und Papa vielleicht nur gerufen hatte, weil er Hilfe beim Tragen brauchte oder so was. Trotzdem schaute ich sicherheitshalber aus dem Fenster, um zu gucken, was los war.

Erst mal passierte gar nichts. Kein Wunder, meine Geschwister hatten vermutlich genau den gleichen Gedanken gehabt wie ich und versuchten, sich möglichst lange zu verstecken. Das nutzte ihnen aber nicht viel.

»MIRA! TOM! Bitte in die Einfahrt kommen! SOFORT!«

Papa meinte es offenbar ernst.

»Fuck!«, hörte ich ein unterdrücktes Fluchen aus dem Flur. Tom hatte offensichtlich schon kapiert, dass ihm die Verzögerungstaktik nichts nutzen würde. Auch aus Miras Zimmer kamen Geräusche, und kurz darauf waren meine beiden Geschwister unterwegs nach draußen. Ich holte mir ein Kissen, legte es auf die Fensterbank und setzte mich bequem hin. Es war ein bisschen wie im Kino, bevor der Film losgeht.

»Ja?«, sagte Mira unschuldig, als sie und Tom bei Papa angekommen waren. »Was gibt's denn?«

»Das würde ich zu gerne von *euch* erfahren!«, sagte Papa. »Was ist denn *das* hier?« Er ging in die Hocke und zeigte auf die Ecke des Mäuerchens, das unsere Einfahrt vom Garten abgrenzt. Mist, ich konnte von hier aus nicht sehen, was Papa entdeckt hatte. Aber ich sah Miras Gesicht, und sie wurde blass.

»Wie kommt dunkelroter Fahrzeuglack an unsere Mauer, bitte?«, fragte Papa. »Und wieso sind hier Steine rausgebrochen?«

Oha. Jetzt wusste ich, warum er nur Tom und Mira gerufen hatte. Offensichtlich ging er davon aus, dass einer der beiden versucht hatte, ein Auto aus der Einfahrt zu bewegen. Im ersten Moment war ich erleichtert. Es konnte ja tatsächlich sein, dass Mira bei einer ihrer Fahrstunden mal wieder an die Mauer geknallt war. Aber dann fiel mir plötzlich siedend heiß ein, dass das gar nicht sein konnte. Das Fahrschulauto war blau, nicht dunkelrot. Und ich wusste ja eigentlich genau, wo der dunkelrote Lackstreifen *wirklich* herkam und warum Steine herausgebrochen waren.

»Ich hab damit nichts zu tun«, sagte Tom schulterzuckend. »Ich fahre ja kein Auto.« Er spazierte betont lässig Richtung Haus zurück.

»Blödmann!«, fauchte Mira ihm hinterher.

»Nicht so schnell!«, rief Papa Richtung Tom. »Komm du mal schön zurück! Vielleicht hat das ja einer deiner Freunde fabriziert? Ich meine, immerhin hat Alex im Pool der Nachbarn gebadet. Wer weiß, was er sonst noch so draufhat?«

Tom schlenderte langsam wieder Richtung Papa und Mira.

»Neee«, sagte er gedehnt. »Ich hab damit echt nichts zu tun!« Es klang überzeugend. Ich wusste auch genau, weshalb. Die Sache mit der beschädigten Mauer war *wirklich* nicht Toms Schuld. Ich sah zu Mira hinüber. Sie kaute nervös auf ihrer Unterlippe herum.

»Soso«, sagte Papa und ließ seinen Blick von Tom zu Mira wandern. »Dann weißt *du* sicher mehr darüber. Magst du mich bitte aufklären?«

Arme Mira! Ich hatte beim besten Willen keine Ahnung, wie sie sich aus dieser Geschichte herausretten sollte!

Die Wahrheit über die Sache mit dem dunkelroten Lackstreifen

Es war am Tag nach der Geschichte mit dem Nagelstudio gewesen. Noch bevor sich im Haus irgendwas regte, hörte ich Miras Wecker läuten. Das war ungewöhnlich, weil Mira es liebt, so richtig auszuschlafen. Ein Versehen konnte es aber nicht sein, denn es waren ja Ferien, und in den letzten Tagen hatte ihr Wecker auch nicht geklingelt. Sie musste ihn also absichtlich gestellt haben. Aufstehen tat sie aber trotzdem nicht. Die Einzige, die von dem Gebimmel wach geworden war, war ich.

»Mira«, rief ich. »Dein Wecker!«

Mira brummelte nur etwas vor sich hin. Der Wecker bimmelte fröhlich weiter. Schließlich wurde es mir zu bunt. Ich warf mein Kissen auf ihr Bett und traf ihren Rücken.

»Spinnst du, Kröte?«, murmelte sie.

»Jetzt steh endlich auf«, sagte ich. »Du hast den Wecker gestellt, das muss doch einen Grund haben!«

Mira fuhr senkrecht hoch.

»Scheiße«, sagte sie. »Meine Fahrstunde!« Es stellte sich heraus, dass Miras Fahrlehrer mit ihr heute das Komplettprogramm machen wollte. Und das bedeutete, er wollte zur Hauptverkehrszeit über die Landstraße Richtung Stadt fahren, um zu testen, wie Mira sich unter Stress im Straßenverkehr schlug.

»Bist du nervös?«, fragte ich.

»Quatsch«, fauchte Mira. »Ich will bloß rechtzeitig fertig

sein, wenn Andy kommt.« Andy war Miras Fahrlehrer. Der, den sie so süß fand. Deswegen verschwand sie auch für eine halbe Stunde im Bad, um ausgiebig zu duschen und sich zurechtzumachen.

Als ich das Fahrschulauto hörte, rauschte Mira noch mal herein, und ich dachte, ich falle tot um, so sehr stank sie nach ihrem neuen Parfüm.

»Ach du Schande«, sagte ich. »Du stinkst schlimmer als eine ganze Parfümerie! Der arme Andy kriegt ja Kopfweh!«

Mira warf mir einen tödlich beleidigten Blick zu und zog sich die Lippen nach. Statt einer Verabschiedung präsentierte sie mir ihren Mittelfinger und rannte förmlich die Treppen runter, um nur ja schnell bei ihrem Schwarm zu sein. Ich hüpfte auf einem Bein ans Fenster. Thea anzulegen hätte zu lange gedauert. Sobald Mira aus der Haustür trat, verlangsamte sie ihren Schritt und wackelte mit den Hüften. Mann, sah das peinlich aus! Andy schien es aber zu gefallen. Er strahlte Mira an und hielt ihr sogar die Tür auf, als sie auf der Fahrerseite ankam. Beim Losfahren schaffte es Mira, das Auto dreimal hüpfen zu lassen, bevor sie den Motor abwürgte. Und das nach so vielen Fahrstunden! Ich seufzte, hopste zum Bett zurück und angelte Thea aus ihrer Ecke hervor, um sie anzuschnallen. Schlafen konnte ich sowieso nicht mehr.

Ich beschloss, dass es ein guter Zeitpunkt für mein geheimes Training war. Es gibt da nämlich etwas, was ich liebe, aber davon weiß niemand. Und das ist Fußballspielen. Tom hat früher in der Jungendmannschaft unseres

Ortes gespielt, aber irgendwann hatte er keine Lust mehr und hat damit aufgehört. Niemandem ist aufgefallen, dass sein alter Fußball irgendwann aus seinem Regal verschwunden war. Ich habe ihn mir heimlich geschnappt, und seitdem übe ich manchmal, wenn keiner da ist. Dann probiere ich, den Ball so lange wie möglich in der Luft zu halten, und kicke ihn abwechselnd mit links und rechts hoch. Am allerliebsten wollte ich eigentlich schon mit anderen Kindern zusammen spielen, in einer richtigen Mannschaft. Davon hatte ich aber noch niemandem erzählt, weil ich mir schon vorstellen konnte, dass es nicht klappen würde. Unser Ort ist nicht so groß, und es gibt keine Mannschaft für Mädchen. Und für Leute mit Prothesen erst recht nicht. Deshalb war es mein geheimer Traum, und ich übte nur, wenn es niemand sah. Ich lauschte noch mal, aber alles war still. Die Band hatte am Vorabend einen Auftritt auf dem Festival gehabt, und sie waren erst superspät zurückgekommen. Und Tom war sowieso ein Langschläfer. Vermutlich schliefen alle außer mir noch tief und fest. Ich angelte den Ball aus seinem Versteck in meinem Kleiderschrank hervor, dann machte ich mich auf in den Garten. Dort habe ich viel mehr Platz als in meinem Zimmer. Ich dribbelte und kickte und jonglierte mit dem Ball auf der Wiese herum und war so vertieft in mein Training, dass ich ganz schön erschrak, als ein »Guten Morgen!« von der Terrassentür her ertönte.

Dort stand Hoagie mit einer dampfenden Tasse Kaffee in der Hand und einem breiten Lächeln im Gesicht.

Ich blieb so starr stehen, dass der Ball an meinem Bein vorbeisegelte und auf den Boden fiel. Mist! Ich hob ihn hastig auf und wusste nicht, was ich tun sollte. Hoagie hob den Daumen. »Du bist echt gut!«, sagte er. »Respekt!«

»Danke!«, sagte ich. »Aber… Kannst du bitte niemandem davon erzählen?«

»Klar«, sagte er. »Warum sollte ich.« Er fragte nicht, warum er nicht darüber reden sollte, und das gefiel mir sehr. Ich musste mir keine Lüge ausdenken, und ich musste mein Geheimnis nicht verraten.

»Auch einen?«, fragte Hoagie und hob die Kaffeetasse hoch.

Ich fand es cool, dass Hoagie mir offensichtlich zutraute, dass ich so ein Erwachsenengetränk mochte.

»Nein, danke«, sagte ich. Hinter ihm tauchte Frankie auf. Er schaffte es kaum, aus den Augen zu sehen, so müde war er offenbar.

»Boah, ist das hell«, sagte er und blinzelte in die Morgensonne.

»Mögt ihr frühstücken?«, fragte ich.

»Jawoll«, sagte Frankie.

»Wie wär's da?«, schlug Hoagie vor und zeigte auf den Gartentisch. Das fand ich eine gute Idee. Frankie moserte zwar ein bisschen, weil es ihm draußen zu sonnig war, aber er war viel zu müde, um sich zu wehren. Bevor ich den anderen in die Küche folgte, um das Frühstück vorzubereiten, brachte ich schnell meinen Ball in sein Versteck zurück. Kurze Zeit später saßen wir zu dritt im Garten und mampften warmen Toast mit Butter und Honig. Es war total gemütlich. So als würde ich die beiden schon ewig kennen. Hoagie pupste ausgiebig und seufzte zufrieden.

»Ah«, sagte er erleichtert. »Das war eine gute Idee, an der frischen Luft zu essen.«

Ich musste so lachen, dass ich mich verschluckte und eine Orangensaftfontäne quer über den Tisch spuckte.

Dann hörte man ein Auto vorfahren. Eine Autotür wurde geöffnet und geschlossen, das Auto fuhr wieder weg, und im gleichen Moment begann jemand am Rand des Gartens bitterlich zu weinen. Es war ein Schluchzen, das von ganz tief unten kam. Das Schluchzen wurde lauter, und schließlich kam Mira hinter den Büschen hervor. Sie sah schrecklich aus. Ihr Make-up war total zerlaufen, und sie sah uns ganz entsetzt an. Vermutlich hatte sie sich in den Garten verzogen, weil sie hoffte, dort allein zu sein. Sie tat mir furchtbar leid.

»Was ist denn passiert?«, fragte ich.

Statt einer Antwort brach Mira erneut in Tränen aus. Frankie und Hoagie sahen sich betreten an.

»Hey, was ist denn los?«, fragte ich.

»Scheiße«, stieß Mira hervor. »Ich krieg's einfach nicht hin!«

»Was denn?«, fragte ich.

»Na, was wohl?«, rief Mira. »Autofahren natürlich, was denn sonst? Was glaubst du denn, was ich die letzte Stunde versucht hab?«

»Trink erst mal einen Schluck Kaffee«, sagte Hoagie. Er hielt Mira seine Tasse hin.

Mira schniefte, aber sie folgte mir zum Tisch, nahm Hoagies Tasse entgegen und trank einen kräftigen Schluck, ehe sie sich auf den nächstbesten Stuhl fallen ließ.

»So ein Mist«, sagte sie leise. »Ich glaub, ich kann den Führerschein vergessen!«

»So schlimm?«, fragte ich.

Mira schnaubte bitter. »Andy hat gesagt, so kann ich keinesfalls in die Prüfung gehen. Anscheinend hab ich keinen Überblick, und einparken kann ich auch nicht.« Sie sah ganz verzweifelt aus. »Er meinte, mit Übung klappt das bei jedem, aber ich hab einfach kein Geld für noch mehr Fahrstunden.«

»Mhm«, sagte Frankie, der mittlerweile richtig wach war. »DAS ist ein lösbares Problem.« Er schob sich ein Brötchen mit Ei in den Mund. »Wie wärf, wenn wir fufammen üben?«

Mira starrte ihn an.

»Wie wär's, wenn wir zusammen üben«, übersetzte ich, für den Fall, dass sie es nicht verstanden hatte.

»Ja, das hab ich kapiert«, sagte sie, »aber wie? Du bist doch kein Fahrlehrer, oder?«

»Wenn ich dich das Fahren lehre, bin ich ein Fahrlehrer. So seh ich das jedenfalls«, sagte Frankie.

»Aber hast du denn ein Fahrschulauto?«, fragte Mira verwundert. »Nö«, sagte Frankie. »Aber den Tourbus. Geht doch klar, Hoagie, oder?«

Hoagie nickte gutmütig. »Klar«, sagte er und schaute Mira an. »Das Ding ist eh voller Beulen und Schrammen.

Mach dir keinen Kopf, wenn du noch ein paar mehr reinhaust.«

»Aber«, sagte Mira verwirrt. »Darf man das denn? Also, Auto fahren, wenn man den Führerschein noch nicht hat?«

Frankie winkte ab. »*So* schlecht wirst du ja nicht fahren, dass du uns in den nächsten Graben steuerst«, sagte er. »Wir sollten nicht unbedingt auf der Hauptstraße rumgurken. Das könnte Ärger mit den Bullen geben. Aber hier, da ist ja nix.« Er zeigte vage hinter unseren Garten, hinter dem Felder und Bäume zu sehen waren, so weit das Auge reichte. »Wenn wir da auf so 'nem Acker rumkurven, da kann ja nix passieren!« Er nahm noch einen kräftigen Schluck Kaffee. »Was meinste? Bock?«

Mira strahlte. »Das würdet ihr echt für mich tun?«

»Klar«, sagte Frankie wieder. »Wie gesagt, mach dir keinen Kopf. Und wir sind geübte Fahrer. Sind ja ständig unterwegs.«

»Das wär cool!«, sagte Mira. »Echt cool. Wirklich.«

»Na dann«, sagte Frankie. »Denn mal los!« Er stand auf und streckte die Hand Richtung Hoagie aus. Der reckte sich und fummelte so lange in seiner Hosentasche rum, bis er einen Schlüsselbund mit mindestens einem Dutzend Schlüssel hervorgekramt hatte, und drückte ihn Frankie in die Hand.

»Jetzt gleich?«, fragte Mira erstaunt.

»Ja sicher«, sagte Frankie. »Heute Nachmittag müssen wir aufs Festival, wir spielen heute Abend. Also sollten wir lieber gleich loslegen.«

Mira grinste breit und stand auf. »Von mir aus gern«, sagte sie und spazierte strahlend in Frankies Schlepptau Richtung Straße. Ich lief ihnen nach. Das wollte ich keinesfalls verpassen, wie Mira mit dem Tourbus fuhr!

Als Frankie die Garage öffnete, fiel mir auf, wie groß der Bus war. Er passte gerade so hinein.

Mira sah Frankie panisch an, als der meinte, sie könne schon gleich mit Üben anfangen und den Bus aus der Garage fahren.

»Wie soll ich den denn da rauskriegen?«, rief sie. »Das ist alles so eng, und dann muss ich mit dem Ding auch noch die Einfahrt runter!«

Frankie zuckte die Achseln. »Üben heißt machen«, sagte er. »Vom Zugucken lernst du nix.«

Mira gab nach und kletterte auf den Fahrersitz. Frankie blieb neben mir stehen und gab Mira Anweisungen durchs offene Fenster.

»Rückwärtsgang und Handbremse langsam lösen. Dann ganz zart aufs Gas. Hörst du? Zart!«

Mira machte, was sie sollte.

»Steuer ganz gerade halten«, sagte Frankie.

Mira fuhr im Schneckentempo rückwärts in die Einfahrt.

»Prima«, lobte Frankie. »Jetzt geht's runter. Einfach langsam weiterfahren und Steuer gerade halten. Erst wenn ich's sage, schlägst du nach links ein!« Der Motor stotterte ein wenig, aber sonst klappte alles einwandfrei. Bis zu dem Moment, als Mira mit dem Hinterteil des Tourbusses auf die Straße rollte und Frankie »Jetzt!« rief.

Mira drehte das Lenkrad auch wirklich im richtigen Moment. Allerdings nicht nach links, wie Frankie gesagt hatte, sondern nach rechts. Und bevor sie noch auf Frankies Rufen reagieren konnte, schrappte sie mit der Schnauze des Busses an der Ecke des Mäuerchens entlang, das unsere Einfahrt begrenzte. KROOOOOOONK, machte es, und ein paar Steine bröckelten aus der Mauer. Mira bremste so abrupt, dass der Motor ausging. »Scheiße«, sagte sie.

»*Das andere Links*«, sagte Frankie grinsend.

Quer über der Fahrerseite war ein Kratzer zu sehen. Da, wo der dunkelrote Lack abgesplittert war, glänzte jetzt ein breiter, silberner Streifen.

Mira schlug die Hände vors Gesicht. »Es tut mir so leid«, jammerte sie.

»Mach dir keinen Kopf«, sagte Frankie. »Wir haben alle mal angefangen.«

Mira lächelte schief, aber sie ärgerte sich über sich selbst, das sah man. Frankie schlug vor, dass er selbst das Steuer übernahm, bis man einen Platz weitab der offiziellen Straßen gefunden hatte, auf dem Mira gefahrlos üben konnte. Wir luden noch Tom und Sandy ein, die mittlerweile aufgetaucht waren, und als Hoagie aus dem Garten kam und Bernie und Ralle sich auch noch einfanden, beschlossen wir, eine richtige Spazierfahrt mit Picknick zu veranstalten.

Und so packten wir ein paar Thermoskannen mit Kaffee, einen Sechserpack Sprudel und den Rest des Frühstücks ein und kurvten durch die Gegend, bis wir eine Stelle gefunden hatten, die Frankie optimal zum Üben fand. Es war lustig, wie das Auto bockte und der Motor heulte, wenn Mira am

Steuer war, aber Frankie war ein wirklich geduldiger Lehrer. Und er hatte gute Ideen.

Wir bauten einen Parcours aus den Kissen und Decken, die hinten im Gepäckraum lagen, und Mira musste so lange üben, bis sie problemlos durchfahren konnte. Zum Einparken-Üben wuchteten Hoagie und Ralle zwei riesige Heuballen heran, die eigentlich zum Trocknen auf dem Feld neben der Landstraße lagen.

»Wenn du dagegen fährst, macht das gar nix!«, sagte Sandy. Einmal habe ich genau gesehen, wie sie den hinteren Heuballen ein Stück weiter nach hinten schob, damit Mira leichter in die Parklücke reinkam. Das fand ich total nett.

Dann machten sie die Abstände so lange kürzer, bis Mira es schaffte, rückwärts einzuparken und nur noch *einen* der beiden Heuballen zu treffen.

Es war toll, wie viel Mühe sich HOWIES LITTLE SISTER gaben, und nach zwei Stunden fuhr Mira wirklich viel besser als je zuvor. Es war richtig schade, dass wir irgendwann zurückmussten, aber Frankie meinte, man könnte am nächsten Tag noch eine Runde üben.

Als die Band später beim Festival und wir Geschwister allein zu Hause waren, sagte Mira: »Das war eine echt gute Idee, die wir da gehabt haben. Also, unser Haus zu vermieten. Nur deswegen kann ich jetzt richtig Auto fahren!« Und ausnahmsweise waren wir uns alle drei total einig, dass wir genau das Richtige gemacht und mit unseren Gästen eine riesige Menge Glück gehabt hatten.

Also, das war so …

Tja, so war das an jenem Tag, an dem Mira mit HOWIES LITTLE SISTER und Heuballen das Autofahren lernte. Bloß, dass sie das Papa unmöglich genau so erklären konnte.

Sie beäugte das Loch in der Mauer und den dunkelroten Lackstreifen an der Einfahrt, als würde er verschwinden, wenn sie ihn nur lange genug ansah.

»Äh«, sagte Mira. »Ich weiß nicht, was da passiert ist.«

Papa runzelte die Stirn.

Ich konnte sehen, wie es hinter Miras Stirn arbeitete, aber offenbar fiel ihr keine plausible Erklärung ein.

Dafür kam *mir* eine Idee. »*Ich* weiß es!«, rief ich aus dem Fenster.

Mira und Papa schauten erstaunt zu mir hoch.

»*Du*?«, fragte Papa ungläubig.

»Ja!«, sagte ich. »Also, es war so: Ich hab hier gesessen und an einer Geschichte geschrieben, und plötzlich hat es gekracht. Da hab ich aus dem Fenster geschaut, und da stand so ein dunkelroter Lieferwagen mit dem Hinterteil in unserer Einfahrt, der war voll an der Mauer entlanggeschrammt. Ich hab runtergebrüllt, was das soll, aber der Fahrer hat direkt wieder Gas gegeben. Ich glaub, der wollte hier drehen oder so.«

»Aha«, sagte Papa überrascht. »Und der hat nicht geklingelt, um den Schaden zu melden?«

»Nö«, sagte ich.

»Ja, hast du dir denn die Nummer nicht gemerkt?«, fragte Papa. »Man muss doch für so einen Schaden geradestehen!«

Ich tat so, als ob ich scharf nachdachte. »Es war irgendwas mit M und einer Drei oder so«, sagte ich.

»Das reicht nicht«, sagte Papa. »Damit lässt sich nichts anfangen. Aber wenigstens wissen wir, was passiert ist. Ich hatte ehrlich gesagt schon Mira in Verdacht. Tut mir leid!«

Er strich Mira übers Haar, und für einen kurzen Moment hatte ich ein schlechtes Gewissen. Aber dann sah ich, wie Mira mir unter ihrem Haarvorhang mit einem breiten Grinsen zuzwinkerte.

»Das macht doch nichts«, winkte Mira großzügig ab. »Als Wiedergutmachung für die falsche Verdächtigung könntest du mir aber ruhig mal dein Auto ausleihen, wenn ich die Prüfung bestanden habe!« Sie klimperte Papa mit großen Augen an.

Ich konnte es nicht fassen! Mira war echt unglaublich dreist. Und Papa fiel auch noch drauf rein!

»Wenn du die Prüfung bestehst, darfst du die erste Fahrt danach mit meinem Wagen machen«, versprach er. »Aber ich fahre mit!«

»Na gut«, sagte Mira, nachdem sie so getan hatte, als müsse sie überlegen. »So machen wir's!«

Auf dem Rückweg in ihr Zimmer kam sie zu mir und umarmte mich. »Gar nicht schlecht gemacht, Kröte… äh, Charlie! Danke!«

»Gern geschehen«, sagte ich. Und weil ich gerade gelernt

hatte, wie man das machte, sagte ich: »Dafür hab ich was gut bei dir, okay?«

»Von mir aus«, sagte Mira und knuffte mir liebevoll gegen die Schulter.

Ich war höchst zufrieden mit mir. Ganz bestimmt würde mal eine Situation kommen, in der ich das noch gut gebrauchen konnte!

Was um alles in der Welt ist denn *das*?

Es war der dritte Tag nach der Rückkehr unserer Eltern. Papa hatte noch Urlaub und werkelte in seinem Hobbyraum herum, während Mama das Abendessen vorbereitete. Alles war friedlich, bis zu dem Moment, in dem ein Schrei ertönte, der mir durch Mark und Bein ging. Es war Mama, die schrie, und ihre Stimme kam aus dem Speisekeller.

Alle stürzten gleichzeitig aus ihren Zimmern, und keine zwanzig Sekunden später standen wir versammelt bei Mama, die weiß wie Schnee vor der geöffneten Tiefkühltruhe stand und mit wildem Blick rief: »Was ist das? Und wo kommt das her?«

Wir alle folgten ihrem Blick und schauten auf einen riesigen Schweinehintern. Da war sogar noch das Ringelschwänzchen dran. Und die Hinterbeine. Papa erstarrte und schaute erst Mama, dann Tom, Mira und mich an. Ach du Schande! Wir hatten das Schwein vergessen! »Wo kommt dieses halbe Schwein her?«, sagte Papa. Seine Stimme klang ruhig, aber das war nicht unbedingt ein gutes Zeichen. Wenn er so spricht, ist es besser, man hat eine sehr gute Erklärung für das, was er wissen will.

Und die hatten wir nicht. Mir fiel nur die Wahrheit ein, und *die* konnte ich beim besten Willen nicht erzählen!

Die Wahrheit über die Sache mit dem halben Schwein

Die Sache mit dem halben Schwein hatte am dritten Abend mit HOWIES LITTLE SISTER begonnen. Die Band war gegen zehn Uhr vom RATTAZONK zurückgekommen, und wir wollten alle gemeinsam zu Abend essen.

Mira und ich hatten drei Kilo Nudeln gekocht und ein paar Gläser Pesto aus der Vorratskammer geholt. Die Band vertilgte unglaubliche Mengen, und wir hatten schnell gelernt, möglichst günstige Gerichte zuzubereiten. Vor allem Hoagie war eigentlich immer am Mampfen. Sobald er jemanden kauen sah, schaute er immer ganz hoffnungsfroh und fragte, was es zu knabbern gab. Deswegen hatten wir auch gleich sechs Packungen Nudeln gekocht. Das ist schon eine ganze Menge, aber die würden weg sein wie nichts. Es fühlte sich an, als ob wir eine richtige Ferienpension hätten, und es machte mir solchen Spaß, Gastgeberin zu sein. Ich hatte schon darüber nachgedacht, ob ich das später mal werden will. Als Beruf, meine ich. Obwohl es ja eigentlich mein tiefster Wunsch war, Profi-Fußballerin zu werden, auch wenn ich nicht wusste, wie ich das jemals schaffen sollte.

Aber daran dachte ich an jenem Abend nicht, als wir alle gemütlich im Wohnzimmer auf den Sofas um den Couchtisch herumsaßen. Wir hatten beschlossen, so eine Art Pyjama-Party zu feiern, und dazu gehörte natürlich auch, im Wohnzimmer vor dem Fernseher zu essen. Hoagie trug wieder seinen gelben Pyjama mit den Entchen drauf, und Ralle und Bernie hatten schwarze Jogginghosen und T-Shirts von befreundeten Bands an. Frankie sah in seinen Shorts und dem überlangen Shirt aus, als hätte er versehentlich in den Kleiderschrank seines großen Bruders gegriffen, und Mira hatte offensichtlich Klamotten von Sandy ausgeliehen, denn sie trug ein langes, dunkelrotes Nachthemd, das ich vor Kurzem noch bei Sandy gesehen hatte. Die trug ein Micky-Maus-T-Shirt und Simpsons-Shorts. Selbst Tom hatte zur Feier des Tages eine saubere Jogginghose und ein frisches T-Shirt angezogen. Ich hatte meine Lieblingsleggings an und ein langes Shirt mit Sternchen. Wir hatten einen Sender im Fernsehen angemacht, der live vom RATTAZONK übertrug, und es war so richtig, richtig gemütlich.

»Wer mag Nudeln?«, fragte Sandy und fuhr mit der Nudelzange in den Topf, um eine große Portion herauszuholen. Frankie hielt ihr seinen Teller hin, und genau als Sandy die Nudeln draufhäufen wollte, musste Frankie niesen. Der Teller fiel ihm aus der Hand, und alles klatschte auf den Boden.

Sandy beugte sich runter, um die Nudeln aufzuheben, aber Frankie war schneller. Er schnappte sich eine Handvoll und schob sie sich ohne Weiteres in den Mund.

»IIIIHHH«, rief Mira. »Die haben auf dem Boden gelegen!«

»Na und?«, sagte Frankie ungerührt. »Gutes Essen bleibt gutes Essen!« Er kaute grinsend und schluckte. Sandy sah ihn angeekelt an und räumte den Rest der Nudeln vom Boden in den Mülleimer, den Ralle in der Zwischenzeit aus der Küche geholt hatte. Dabei verrutschte ihr Top ein bisschen, und zwischen dem Rand ihres Oberteils und der Shorts konnte man ein Stück von ihrem Oberkörper sehen. Er war komplett tätowiert! Ich konnte nicht erkennen, welches Motiv es war, aber die Haut leuchtete in allen möglichen Farben.

Mira hatte es auch entdeckt und machte große Augen. Sie will nämlich schon seit Langem ein Tattoo, aber Mama und Papa haben es ihr bisher nicht erlaubt. Sie meinen, so was hat man sein Leben lang und sollte das nicht aus einer Laune heraus machen, und sie wäre noch zu jung für so was. Früher hat Mira sich darüber aufgeregt, aber mittlerweile nicht mehr. Sie hatte mir neulich gesagt, dass sie es sowieso machen lässt, wenn sie 18 ist, und das ist ja sowieso schon bald. Sie will einen kleinen Schmetterling auf dem Unterarm haben, hat sie gesagt. Obwohl, nein, Moment, das ist schon eine Weile her. Ich glaube, neulich hat sie was von einem Flamingo auf dem Unterschenkel erzählt.

Außerdem sagte sie, dass sie vielleicht einen Spruch auf dem Nacken haben will. Ich weiß aber nicht mehr, welchen.

Ist aber auch egal, vermutlich ist das jetzt auch schon wieder out, und Mira hat eine neue Tattoo-Idee. Ich bin nicht sicher, ob mir so was gefällt oder nicht. Bei manchen Leuten sehen Tattoos total schön aus, finde ich, und bei anderen gar nicht. Die Bandmitglieder waren alle tätowiert, und das passte zu ihnen. Aber keiner hatte so ein bunt leuchtendes Motiv wie das, was ich gerade bei Sandy gesehen hatte. »Was ist das denn für ein Tattoo auf dem Rücken?«, fragte ich. »Darf ich mal gucken?«

»Klar«, sagte Sandy und lupfte ihr Shirt so, dass wir ihr Tattoo betrachten konnten. Es war wirklich wunderschön und total außergewöhnlich. Ein hellblauer Himmel erstreckte sich vom unteren Rücken bis nach vorne, also über die ganze Seite bis hoch zur Achsel. Die Ränder waren so gestaltet, dass es aussah, als wäre die Haut aufgerissen und alles darunter bestünde nur aus Himmel mit Wolken und ein paar Vögeln vor einer Sonne, die man angedeutet im Hintergrund sah. »Wow!«, hauchte Mira. »Das ist unglaublich!«

»Richtig, richtig cool!«, sagte Tom beeindruckt.

»Danke«, sagte Sandy stolz. »Das ist von Ralle. Der ist nämlich Tätowierer!«

»Echt?«, fragte Mira erstaunt und sah Ralle an.

Der nickte. »Früher hab ich in einem Tattooladen gearbeitet, aber jetzt steche ich nur noch ab und zu ein paar Tattoos, wenn ich Zeit dazu habe«, erzählte er. »Wir sind ja oft auf Tour und im Studio, deswegen kann ich nicht mehr fest im Tattooladen arbeiten. Aber ich hab immer so ein Set für unterwegs dabei!«

»Und dann machst du das einfach so zwischendurch?«, fragte Mira interessiert. Ich konnte sehen, dass sie dachte: *Vielleicht macht er mir ja auch eins!*

»Ja, manchmal, wenn wir länger irgendwo sind, richte ich in meiner Garderobe ein Mini-Studio ein. Es gibt echt so einige Fans, die unbedingt von mir ein Motiv gestochen haben wollen. Die fahren da voll drauf ab. Das hier« – er zeigte auf Sandy – »wäre aber viel zu aufwendig für unterwegs. Das hab ich bei uns zu Hause gemacht, hat drei Sitzungen gebraucht.«

Sandy verzog bei seinen Worten das Gesicht. Offenbar tat tätowieren so weh, wie ich es mir vorstellte.

»Ach«, sagte Mira. »Das ist ja cool!« Ich warf ihr einen warnenden Blick zu. Ihr 18. Geburtstag war erst im November, und Mira wusste ganz genau, welchen Ärger Mama und Papa machen würden, wenn sie sich vorher ein Tattoo stechen ließe. Ich hoffte, dass sie nicht versuchen würde, Ralle etwas vorzulügen.

»Entwirfst du die Vorlagen für die Tattoos auch selbst?«, fragte Tom.

»Manche schon«, sagte Ralle. »Aber die Motive sind ziemlich ähnlich. Die meisten Fans wollen die typischen Metal-Symbole haben. Wollt ihr mal sehen?« Natürlich wollten wir das. Vor allem Tom war neugierig, weil er ja selbst zeichnet. Ralle verschwand und kehrte kurz darauf mit einem großen Ringordner unter dem Arm zurück. Da waren bestimmt hundert Blätter drin mit Zeichnungen verschiedener Größe. Es waren vor allem Totenköpfe, Skelette, Schwerter, Bierflaschen, Kerzen und so was alles. Dann gab es noch verschiedene Schriftzüge und ein paar Porträts von Leuten, die ich nicht kannte.

»Cool«, rief Tom. »Das ist *Lemmy* von *Motörhead*!«

»Yes«, sagte Ralle. »Der kommt immer gut an. Für unterwegs ist er allerdings zu aufwendig, da gehen nur kleine Sachen. So was, zum Beispiel.« Er deutete auf ein Blatt mit kleineren Motiven, die aus wenigen Strichen bestanden.

»Mittlerweile wollen aber die meisten Fans am liebsten so eine Strichzeichnung von unserem Maskottchen, HOWIES LITTLE SISTER. Das geht sowieso superschnell. Und du zeichnest auch, hat deine Schwester gesagt?« Ralle sah Tom interessiert an.

Tom nickte. »Nur so ein bisschen«, sagte er. »Macht mir einfach Spaß.«

»Darf ich mal sehen?«, fragte Ralle. »Wenn es okay ist.«

»Klar«, sagte Tom und stand auf, um seine Bilder zu holen. Er klang ziemlich lässig, aber ich hörte genau, wie unsicher er in Wirklichkeit war. Er hatte noch nie jemandem seine Zeichnungen gezeigt, nicht mal Freunden. Ich war ganz schön stolz, dass er mir neulich seine Manga-Skizze mit dem Mädchen und der Katze gezeigt hatte.

Kurz darauf kam Tom mit einem Stapel loser Blätter zurück.

»Hier«, sagte er, und ich sah ein paar rote Flecken auf seinem Gesicht. Die hat er immer, wenn er nervös ist. »Aber das ist wirklich nichts Besonderes.«

Ralle nahm den Stapel zur Hand und blätterte ihn durch. Je mehr Zeichnungen er sah, desto konzentrierter wurde sein Blick. »Das ist gut!«, sagte er schließlich. »Das ist verdammt, verdammt gut.«

»Echt?«, fragte Tom mit zittriger Stimme.

Ralle sah auf. »Echt. Du hast Talent und einen absolut eigenen Stil. Das ist eine sehr seltene Kombination.«

Die anderen wollten die Zeichnungen auch sehen, und alle waren schwer beeindruckt.

»Verdammt, ist das gut! Das ist wirklich toll, Tom!«, sagte Sandy. »So was würde bestimmt als Tattoo super aussehen. Also, ich würde mir so eins glatt stechen lassen!«

»Ich auch«, sagte Frankie.

»Ich nicht«, meinte Hoagie. »Aber nur deswegen, weil ich immer umkippe, wenn ich ein Tattoo bekomme. Deswegen ist das letzte Mal auch zwanzig Jahre her, und ich gedenke nicht, das zu ändern.« Er lachte und zeigte seine Arme, die mit mittlerweile verblassten Tattoos übersät waren.

»Danke«, brachte Tom strahlend heraus.

»Hier, diese kleinen Vignetten«, sagte Ralle. »Und diese Manga-Porträts, das wären super Tattoos! Mensch, da würden sich die Leute die Klinke in die Hand geben, um sich von dir was stechen zu lassen!«

»Meinst du, ich könnte das lernen?«, fragte Tom.

»Mhm«, sagte Ralle. »Es kommt drauf an. Man muss es mögen. Ich meine, man muss nicht nur gut zeichnen, sondern auch mit Menschen umgehen können. Aber das kannst du sicher, das merkt man dir an.« Tom strahlte wieder.

»Es gibt da aber noch etwas«, sagte Ralle. »Kannst du denn auch Blut sehen? Oder wird dir da gleich schlecht? Tätowieren ist eine blutige Angelegenheit, kann ich dir sagen.« Tom dachte nach.

»Ich glaube, das macht mir nichts aus«, sagte er. »Die Eltern von meinem Kumpel Jonas, die haben einen Bauernhof, und die schlachten selbst. Da hab ich schon öfter mal geholfen, die Abfälle wegzubringen und so. Das macht mir nichts aus.«

»Ich wollte mir das lieber nicht vorstellen«, erwiderte ich.

»Klingt gut«, sagte Ralle. »Aber es ist auch noch mal 'ne ganz andere Sache, wenn du selbst in Haut stechen musst. Kann ja auch nicht jeder Chirurg werden, nur weil er keine Probleme hat, ein Schnitzel zu essen.«

»Darf ich dir vielleicht zugucken?«, fragte Tom hoffnungsvoll.

»An sich gern«, sagte Ralle. »Aber auf dem Festival gibt es leider keine Räumlichkeiten, die es möglich machen würden. Haben sich auch schon Fans auf unserer Webseite drüber beschwert, dass ich es diesmal nicht anbieten kann.«

Ich sah förmlich, wie es in Miras Kopf arbeitete.

»Also«, sagte sie nach einer Weile, »ich hätte da eine Idee, wie du doch noch hier tätowieren kannst.« Ihre Augen leuchteten. Jetzt konnte ich mich nicht mehr zurückhalten.

»Du weißt, dass das nicht geht, oder?«, sagte ich, aber Mira sah mich mit einem vernichtenden Blick an und sagte: »Locker bleiben, Kröte!«

»Mama und Papa entdecken das doch direkt!«, sagte ich. »Was glaubst du, was dann los ist? Vor allem werden sie sauer auf Ralle sein, und der kann nix dafür. Du musst ihm sagen, dass du noch keine 18 bist!«

Ralle schaute neugierig von Mira zu mir und wieder zurück.

»Ihr seid noch gar nicht volljährig?«, fragte er. »Du und Tom?«

Mira schoss mir einen bitterbösen Blick zu. »Vielen Dank, du Petze!«, fauchte sie.

»Ich petze doch gar nicht!«, rief ich. »Mir doch egal, ob du dich tätowieren lässt oder nicht! Aber Ralle würde Ärger kriegen, und das ist nicht fair!«

»Jetzt sei doch mal still!«, rief Mira. »Das hatte ich doch gar nicht vor! Ich meine doch was ganz anderes! Ich bin ja schließlich nicht bekloppt!« Darauf hatte ich eine passende Antwort parat, aber ich schluckte sie runter. Es reichte schon, dass Mira rumblökte, da wollte ich nicht auch noch herumraunzen.

»Also«, begann Mira und schaute Ralle an. »Es wäre doch super, wenn du die Fans doch noch tätowieren könntest, oder?«

»Klar«, sagte Ralle. »Aber ich wüsste nicht, wo. Auf dem Festival geht es nicht, und ein Tattoostudio gibt's leider nicht in der Nähe.« Jetzt sah Mira aus wie eine Katze, die im Begriff war, eine Maus zu verspeisen.

»Nein, ein Tattoostudio gibt es hier im Umkreis nicht«, sagte sie. »Aber ein Studio, das man dafür nutzen könnte, gibt es sehr wohl!«

Natürlich! Da hätte ich auch selbst draufkommen können! »Ja klar!«, rief ich. »Du kannst es in Mamas Nagelstudio machen!«

»Oh Kröte«, sagte Mira. »Das war MEINE Idee, vielen Dank auch.«

»Meint ihr?« Ralles Augen glänzten.

»Na klar!«, rief Tom. »Ob man da Fingernägel macht oder Tattoos, ist doch egal! Da steht alles rum: Stühle, eine Liege, ein Sterilisator und so was!«

»Also, ich hab meine Ausrüstung für unterwegs immer im Bus«, sagte Ralle. »Ich könnte jederzeit loslegen!«

»Coole Sache«, sagte Hoagie. »Ich poste das gleich mal auf unserer Website. Wenn das okay ist?« Er sah mich fragend an. Ich war ein kleines bisschen stolz, dass Hoagie *mich* fragte und nicht meine älteren Geschwister.

»Ich denke schon«, sagte ich.

»Auf alle Fälle!«, sagte Tom.

»Sonst hätt ich's ja gar nicht erst vorgeschlagen!«, warf Mira leicht beleidigt hinterher.

Damit war es beschlossene Sache.

»Wenn wir das jetzt on stellen, werden wir uns kaum retten können vor Fans«, sagte Sandy grinsend.

»Schon passiert«, sagte Hoagie fröhlich und tippte auf seinem Handy rum. »Ich hab geschrieben, dass Ralle so viele Leute drannimmt, wie er in drei Stunden schafft. Das werden schon einige sein, geht ja schnell mit dem Maskottchen-Tattoo. Wann sollen wir die Tattoostunde anbieten? Übermorgen? Also Samstagvormittag? Das passt doch, wir haben erst abends das Abschlusskonzert.«

»Von mir aus«, sagte Ralle. »Aber drei Stunden maximal, dann ist gut.«

Hoagie tippte auf dem Handy herum und grinste zufrieden, als er es weglegte. »Wunderbar«, sagte er. »Am Samstag um elf Uhr morgens steigt hier Ralles Tattoo-Party!«

Die nächsten zwei Stunden verbrachten wir damit, *Pictionary* zu spielen. Die Gespräche übers Zeichnen hatten uns so richtig in Stimmung dafür gebracht, und wir kugelten uns vor Lachen, wenn Frankie sich wieder mal verzweifelt die Haare raufte, weil niemand erkannte, welchen Begriff er gemalt hatte. Es war aber auch kein Wunder, weil er alles mit geraden Strichen zeichnete, egal, was es war.

»Besen, Kamm, Zahnbürste!«, hatte Sandy geraten, als Frankie uns ein Rechteck mit von der oberen Linie abstehenden Strichen präsentierte.

»Das ist doch ein Pferd«, hatte Frankie mit gespielter Verzweiflung gerufen, und es dauerte ein paar Minuten, bis wir uns alle beruhigt hatten. Nach drei Spielen tat mir der Bauch vor lauter Lachen so weh, dass Mira mir eine Wärmflasche machen musste.

Anschließend schauten wir noch gemeinsam einen Film. Es gab eine längere Diskussion darüber, was für ein Film es sein sollte, und ich hatte mit allem gerechnet, aber nicht damit, dass wir am Ende bei *König der Löwen* landen würden. Ich weiß nicht mehr, wer die Idee dazu hatte, aber alle außer Tom waren dafür, und der traute sich nicht zu protestieren, als er merkte, wie begeistert HOWIES LITTLE SISTER waren. Beim Abspann sah ich, wie Hoagie sich mit dem Ärmel seines Entchen-Pyjamas verstohlen die Augen wischte. Vielleicht lag es daran, dass Sandy *Can You Feel The Love Tonight* mitsang, ganz ohne Gerülpse. Als wir schließlich alle ins Bett fielen, schlief ich zufrieden ein und vermisste nicht mal mehr Mamas Gutenachtkuss.

Und dann kam der nächste Morgen. Ralle holte gleich nach dem Frühstück seine Tätowierausrüstung aus dem Tourbus und richtete alles im Studio so her, wie er es brauchte. Frankie machte sich mit Hoagie auf den Weg zum Supermarkt. Sie wollten Lasagne zum Mittagessen vorbereiten, und das war offenbar eine größere Angelegenheit, für die sie noch ein paar Sachen besorgen mussten. Eigentlich wäre das Kochen an diesem Tag Miras und meine Aufgabe gewesen, aber die Jungs hatten gesagt, wir sollten uns ruhig mal ausruhen. Sie hatten erst am Abend einen Auftritt und bis dahin frei, und sie freuten sich darauf, uns ein bisschen Arbeit abzunehmen. Das fand ich total nett, und es passte auch ganz gut. Bernie und Sandy wollten Mira nämlich vorschlagen, ihr in der Zwischenzeit noch ein paar Fahrstunden mit dem Tourbus zu geben, und ich freute mich, weil ich dann die Gelegenheit hatte, unbeobachtet ein bisschen Fußball im Garten zu spielen. Allerdings änderte sich der Plan, weil Ralle sagte, dass er den Tourbus selbst brauchte. Unbedingt. Er wollte aber nicht verraten, wozu.

»Ich besorge ein Geschenk«, sagte er nur.

»Okay«, sagte Mira, »ich hab einen Plan B für die Fahrstunden«.

»Welchen denn?«, fragte Bernie neugierig, aber mit einem Blick auf mich sagte Mira: »Den erkläre ich euch später. Kröte, hast du nicht was Besseres zu tun? Wir sind sowieso gleich weg.«

Ich hasse es, wenn Mira mich wie ein Kleinkind behandelt, aber ich wollte vor der Band keinen Aufstand machen und schluckte meinen Ärger hinunter. Kurz darauf hörte ich den Tourbus die Einfahrt hinunterknattern, und als ich zum

Küchenfenster ging, um rauszuschauen, sah ich, dass noch ein anderes Auto aus der Doppelgarage fuhr: *Mamas* Auto. *Mit Mira am Steuer.* Ach du Schande! Das war ihr Plan gewesen? *Fahrstunden mit Mamas Auto?* Darüber wollte ich lieber nicht weiter nachdenken. Tom kündigte an, eine halbe Stunde ungestört Gitarre spielen zu wollen, und sobald Hoagie und Frankie zu Fuß zum Supermarkt aufgebrochen waren, schnappte ich mir den Ball und jonglierte und dribbelte im Garten, was das Zeug hielt. Wie gern wäre ich stattdessen mit Mannschaftskameraden über einen großen Sportplatz gelaufen! Ich baute mir ein Tor aus Gartenstühlen vor der Hauswand und schoss so oft, bis ich dreimal hintereinander in dem Winkel getroffen hatte, wie ich es mir vorgenommen hatte. Ich spielte und spielte und vergaß komplett die Zeit, denn plötzlich tauchte Hoagie wieder auf.

»Nicht schlecht«, sagte er. »Das scheint dir wirklich Spaß zu machen, und du hast Talent. Spielst du im Verein? So oft, wie du übst?« Ich schnappte mir den Ball, der von der Hauswand abgeprallt war und genau auf mich zuflog, mit beiden Händen aus der Luft.

»Nein«, sagte ich.

»Gibt es einen bestimmten Grund dafür?«, fragte Hoagie.

Ich schluckte. Wie gern hätte ich endlich mal jemandem von meinem geheimen Wunsch und meinen Sorgen erzählt, aber ich konnte es einfach nicht. »Nein«, sagte ich wieder.

Hoagie sah mich eine Weile schweigend an.

Ich wich seinem Blick aus, weil ich das Gefühl hatte, dass er mehr sah, als ich preisgeben wollte.

Nach einer Weile lächelte Hoagie und sagte: »Ich wollte eigentlich auch nur den Tisch hier draußen vorbereiten. Das Essen ist in einer halben Stunde fertig, und ich dachte, bei dem schönen Wetter könnten wir draußen futtern?«

»Klar«, sagte ich. »Gute Idee.«

Ich warf den Ball ins Gartenhäuschen und half Hoagie, den Tisch zu decken. Gerade als wir fertig waren, hörten wir den Tourbus die Einfahrt hochfahren. Der Motor verstummte, und die Haustür wurde geöffnet.

»Ich bin zurück!«, brüllte Ralle durch den Flur. Schritte polterten durchs Haus, und Ralle erschien in der Terrassentür. »Hoagie, kannst du mir mal helfen, bitte? Und du, Charlie, bleib mal einen Moment im Garten, okay?«

Hoagie sah mich ratlos an, zuckte mit den Schultern und verschwand mit Ralle Richtung Einfahrt.

Ich wusste nicht, was ich davon halten sollte. Warum sollte ich im Garten bleiben? Jetzt war ich erst recht neugierig geworden. Ich wollte keinesfalls verpassen, was da vor sich ging! Leise schlich ich durchs Wohnzimmer und den Flur zur Küche. Von dort hat man nämlich einen prima Blick auf die Einfahrt. Und dann traute ich meinen Augen nicht. Ich konnte Ralle und Hoagie sehen, besser gesagt, ihre Hinterteile. Sie schienen etwas aus dem Bus zu heben. Etwas Schweres. Ich reckte den Kopf, um besser sehen zu können, was da vor sich ging. Aber eine Sekunde später wünschte ich, ich hätte es nicht getan.

Hoagie und Ralle erschienen in meinem Blickfeld. Sie trugen etwas auf ihren Armen Richtung Haustür. Mir blieb fast das Herz stehen. Es war ein totes Schwein. In zwei Hälften. Ralle schleppte das Vorderteil. Das konnte man erkennen, obwohl der Kopf fehlte. Und Hoagie transportierte das Hinterteil. Mit Schwanz und allem.

Mir wurde flau im Magen, und ich dachte, ich kippe um. Tat ich aber nicht. Im Gegenteil. Ich konnte nicht anders, als in den Flur zu rennen.

»Was macht ihr da?«, brüllte ich, als Ralle gerade durch die Tür kam. Er füllte den ganzen Türrahmen aus. Sein Kopf war hinter dem Schweinevorderteil nicht zu erkennen. Man sah nur seine Arme mit den Tattoos und die Waden in den schweren Stiefeln.

Er blieb abrupt stehen und reckte seinen Kopf hinter dem Schwein hervor. »Charlie?!«, rief er alarmiert.

»Jawohl, ich bin's!«, brüllte ich. »Was hast du mit dem armen Schwein gemacht?« In diesem Moment hasste ich Ralle. Einfach so. Ich liebe Tiere, und hier wurde gerade ein totes Schwein durch unser Haus geschleppt!

»Fuck!«, sagte Ralle. Er sah ehrlich besorgt aus. »Wir bringen das runter zu Tom, okay? Dann erkläre ich dir alles!« Ich sah stumm zu, wie Ralle und Hoagie die Schweinehälften in den Keller brachten. Das Schweinehinterteil wurde in die Tiefkühltruhe verfrachtet und das Vorderteil in Mamas Nagelstudio. Ich verstand gar nichts mehr.

Hoagie sah mich ganz besorgt an. »Charlie, das ist alles nicht so wild, wie es aussieht«, erklärte er. »Wirklich nicht.

Darf ich dir erklären, was es mit dem Schwein auf sich hat?«

Ich nickte. Ich mochte Hoagie, und aus irgendeinem Grund vertraute ich ihm.

»Komm, wir gehen hoch in den Garten«, sagte er. »Frische Luft tut dir bestimmt gut, du bist ganz bleich!«

Wir gingen also auf die Terrasse, setzten uns an den Tisch, und ich schaute Hoagie abwartend an.

»Also, das ist so«, begann er. »Ralle war bei den Eltern von Toms Kumpel. Denen, die eine Metzgerei haben, du weißt schon.«

»Lehnerts?«, fragte ich. Tom hatte die Eltern seines Kumpels Jonas erwähnt, als Ralle ihn gefragt hatte, ob er Blut sehen kann, und Tom hatte gesagt, dass ihm die toten Tiere in Lehnerts Schlachthaus gar nichts ausmachten.

»Kann sein«, sagte Hoagie. »Jedenfalls, also, Ralle ist da hingefahren und hat das Schwein gekauft. Als Geschenk für Tom. Und das Schwein war da schon tot.« Ich starrte Hoagie an.

»Als *Geschenk*?«, fragte ich. »Schenkt man sich so was unter Heavy-Metal-Leuten?« Mir schauderte.

Vielleicht war ja doch was dran an allem, was man so hört. Dass Leute, die düstere Musik hören, Blut trinken und so.

»Charlie«, sagte Hoagie sanft. »Hast du den Eindruck, dass wir fiese Typen sind, die andere ärgern oder gar verletzen wollen?« Nein, das hatte ich nicht. Ganz und gar nicht.

»Nein«, sagte ich. »Aber wir kennen uns nicht wirklich. Da weiß man nie.«

»Das stimmt«, sagte Hoagie. »Aber keiner von uns würde je einem Tier etwas zuleide tun. Wir machen Späße auf der Bühne. Und manche sind vielleicht nicht immer geschmackvoll. Aber das ist Show, nicht das wahre Leben. Es ist wie ein Theaterstück, und je derber die Späße, desto mehr kann man mal die Sau rauslassen. Aber das bedeutet nicht, dass Heavy-Metal-Fans anders sind als jeder andere Mensch auch.« Ich dachte an Hoagies Entchenpyjama und seine Tränen beim König der Löwen. Daran, wie HOWIES LITTLE SISTER Mira Fahrstunden gegeben und für uns gekocht hatten. Daran, wie Frankie Valentina aus dem Pool gerettet hatte und wie Sandy für Mama eingesprungen war, damit ihr keine Kunden abhandenkommen. Und ich spürte, dass ich Hoagie glaubte. Sie mochten alle wüst aussehen, aber sie waren herzliche Menschen. Keine Gruselmonster.

Außerdem wusste ich selbst sehr gut, wie blöd es sich anfühlte, wenn man komisch angeschaut wurde, nur weil man anders aussah als die meisten Leute.

»Und warum schleppt Ralle dann das Schwein an?«, fragte ich. Ich merkte, wie meine Neugier wieder die Oberhand gewann.

»Tja«, sagte Hoagie grinsend. »Halt dich fest.«

Es stellte sich heraus, dass Ralle das Schwein für Tom gekauft hatte, damit der herausfinden konnte, ob er überhaupt in der Lage war, irgendwann mal Tätowierer zu werden. Tätowierer üben nämlich das Stechen oft erst mal auf Schweinehaut, weil die nicht so viel anders darauf reagiert als die von Menschen. Das klang logisch.

Und deswegen war Ralle zu dem Hof von Jonas' Eltern gefahren, um ein großes Stück Schweinehaut zu kaufen. »Die haben ihm aber nur ein komplettes Schwein verkaufen wollen«, sagte Hoagie. »Damit sie ein gutes Geschäft machen. Also hat er das ganze gekauft, weil er meinte, wir sind ja nicht mehr lange hier, und außer ihm könnte Tom da niemand helfen. Jetzt sitzen die beiden da unten und tätowieren das Vorderteil nach einer Vorlage von Tom. Das Hinterteil haben wir in eure Tiefkühltruhe gesteckt. Eingefroren hält sich das ewig, da habt ihr ein halbes Jahr lang Schnitzel satt!«

Ich prustete los.

»An deiner Stelle würde ich das Nagelstudio heute Mittag meiden«, sagte Hoagie. »Und glaub mir, ich bin auch nicht scharf darauf, das zu sehen! Ich hab ja schon wie ein Baby gejammert, als ich meine Tattoos bekommen hab. Nee, nee, das ist nichts für mich!«

Und so kam es, dass Mama ein halbes Schwein in der Vorratstruhe fand. Mit Ringelschwänzchen.

Also, das war so …

Mama und Papa sahen uns an und warteten.

»Das«, sagte Tom langsam, »ist ein Schwein. Ein halbes.«

»Das Hinterteil«, sagte Mira wenig hilfreich.

»Vom Schwein«, sagte ich.

»Ein totes Schwein klettert nicht von selbst in die Tiefkühltruhe!«, sagte Papa. »Ich möchte bitte eine Erklärung!«

Mir wurde abwechselnd heiß und kalt. Jetzt musste uns etwas einfallen. Schnell! »Die Lehnerts haben geschlachtet«, platzte ich raus.

»Und die hatten so viel übrig, da haben wir gesagt, wir können es gebrauchen«, sprang Tom ein.

»Ein halbes Schwein?«, sagte Mama ungläubig. »Das ist ja noch nicht mal anständig zerlegt! Wer gibt denn drei Kindern ein halbes Schwein mit?« Sie warf einen kurzen Blick auf das Ringelschwänzchen und drehte sich schnell wieder weg.

»Ist das denn nicht super?«, fragte Mira. »Ich meine, wir können es ja noch zerlegen lassen, und dann haben wir monatelang Schnitzel. Das ist doch praktisch, oder?« Offenbar versuchte sie einen Taktikwechsel. Wenn es klappte, würden Mama und Papa nicht mehr fragen, *warum* Lehnerts uns ein halbes Schwein unzerlegt gegeben hatten, sondern stattdessen überlegen, was man damit anstellen konnte.

Papa kniff die Augen zusammen und sah uns der Reihe nach an. »Ich werde das Gefühl nicht los, dass hier irgendetwas nicht stimmt«, sagte er.

Hrmpf.

Unsere Glückssträhne schien zu Ende zu sein, und ich konnte es unseren Eltern nicht mal verdenken. Sie hatten in den letzten Tagen eine ganze Menge Ausreden gehört. Irgendwann mussten sie ja mal Lunte riechen.

»Wenn ihr es uns nicht glaubt, könnt ihr gern die Lehnerts fragen!«, sagte Tom.

Papa sah ihn schweigend an. Tom hielt seinem Blick stand.

»Das werde ich tun, wenn ich sie sehe«, sagte Papa schließlich. Er legte einen Arm um Mama und nutzte den anderen, um die Tiefkühltruhe zuzuklappen.

»Solange das Schwein noch nicht zerlegt ist, sollten wir etwas anderes zum Abendessen in Betracht ziehen. Wie wäre es, wenn wir alle zum Italiener gehen? Wir haben ja unsere Rückkehr noch gar nicht gefeiert, und dass ihr hier so gut ohne uns zurechtgekommen seid!« Ich war erleichtert, dass das Thema vom Tisch zu sein schien. Aber für einen winzigen Moment spürte ich außer der Erleichterung noch etwas anderes: wie sehr ich mir wünschte, nicht mehr lügen zu müssen. Ich lüge nämlich nicht gern, und ein Geheimnis zu bewahren ist manchmal nicht weit davon entfernt.

Was um alles in der Welt ist denn *das*?

Nach dem Essen in der Pizzeria machten wir uns auf den Rückweg. Es tat gut, ein bisschen durch die frische Abendluft zu laufen. Wir alle gemeinsam, Mama, Papa, Mira, Tom und ich. Wir hatten beim Essen gelacht und gescherzt, und es war fast wie früher gewesen. Aber nur fast. So oft war mir fast etwas rausgerutscht, was wir mit HOWIES LITTLE SISTER erlebt hatten. All die Erlebnisse und Verrücktheiten, die passiert waren, als wir unser Haus in eine Ferienpension verwandelt hatten. Und es war so schwer gewesen, nichts davon mit Mama und Papa teilen zu können. Immer wenn eins von uns Geschwistern sich fast verplappert hätte, hatte eins der beiden anderen dafür gesorgt, dass das nicht passierte. Mit einem warnenden Blick, einem Tritt unter dem Tisch oder mit irgendeinem ablenkenden Themawechsel. Das bedrückte mich, und so war ich auf dem Heimweg ziemlich schweigsam.

Wir waren fast schon zu Hause, als ein Auto neben uns hielt. Der Fahrer ließ das Fenster herunter und rief: »Ja hallo, Charlie!«

»Hi«, quetschte ich heraus und starrte den Mann erschrocken an. Es war Stefan! Mein Kopf rauschte. Oh verdammt! Wie hatte ich bloß glauben können, dass die Geschichte vom vergangenen Samstag unbemerkt bleiben könnte? Es war doch klar, dass Stefan in absehbarer Zeit auf Mama und Papa treffen und sie dann vermutlich sogar absichtlich auf mich ansprechen würde! Ich war so starr vor Schreck, dass ich mich nicht rühren konnte.

»Alles klar bei dir?«, fragte er. »Du kommst doch am Samstag wieder dazu, oder?«

Papa sah genauso ratlos aus wie Mama, und Tom und Mira schauten mich überrascht an. Diesmal hatten die beiden ebenfalls keine Ahnung, um was es ging. Ich hatte niemandem von meinem Ausflug mit Hoagie erzählt.

»Entschuldigen Sie bitte«, sagte Papa. »*Wo* kommt Charlie am Samstag wieder hin?« Ich schloss die Augen und wünschte mir, der Boden würde sich unter mir auftun.

Die Wahrheit über die Sache mit dem Bein

Es war am Nachmittag des Tages gewesen, an dem Ralle das tote Schwein angeschleppt hatte. Ich saß immer noch mit Hoagie im Garten, während unten im Keller Ralle und Tom eifrig dabei waren, Schweinehaut zu tätowieren.

Mira, Bernie und Sandy waren noch nicht zurück von ihrer Spritztour, und Frankie hatte sich für ein Mittagsschläfchen ins Bett verzogen. Alles war friedlich und still.

»Lust auf ein bisschen Fußball?«, fragte Hoagie.

Huch! Von allen Dingen, die Hoagie hätte sagen können, gab es nichts, das mich mehr überrascht hätte.

»Klar«, sagte ich.

Hoagie schraubte sich aus dem Stuhl, und ich lief zum Gartenhäuschen, um meinen Ball zu holen. Als ich zurückkam, hatte Hoagie aus zwei Stühlen ein Tor vor der Hecke gebaut und stand breit grinsend davor. »Dann mal los«, rief er.

Ich legte den Ball vor mich ins Gras, holte Anlauf und schoss. Hoagie fing den Ball mühelos aus der Luft. Das wurmte mich! Er warf ihn mir zu und rief: »Noch mal!«

Ich schoss. Hoagie hielt. Erst mein vierter Treffer landete im Tor, und ich spürte auf einmal einen Ehrgeiz wie noch niemals vorher.

»Jetzt du«, sagte ich und marschierte zur Hecke. Hoagies erster Schuss flog an mir vorbei. Der zweite ebenfalls. Den dritten hielt ich, und jetzt wollte ich richtig spielen. So richtig! Mein Bauch wurde ganz warm, und ich spürte, wie aufgeregt ich war.

»Komm«, sagte ich und zeigte auf die gegenüberliegende Gartenseite. »Wir machen da noch ein Tor hin!«

»Gern«, sagte Hoagie, und nachdem wir dort ebenfalls zwei Stühle passend platziert hatten, legten wir los. Es war verdammt schwer, Hoagie den Ball abzunehmen. Viel schwerer, als ich gedacht hatte. Ich hatte ihn unterschätzt, weil er so stämmig war, aber er war ganz schön schnell. Ich kämpfte um jeden einzelnen Ball, und jedes Mal, wenn es mir gelungen war, ihn zu schnappen, durchströmte mich ein warmes Glücksgefühl. Ich weiß nicht, wie lange wir gespielt haben, aber irgendwann waren wir beide platt und schlugen uns ab.

»Wow, das war gut!«, sagte Hoagie. »Meine Fresse, das war sogar *verdammt* gut!« Wenn Hoagie das sagte, musste es stimmen. Offensichtlich hatte er Erfahrung mit Fußballspielen.

»Hast du im Verein gespielt?«, fragte ich ihn auf dem Weg in die Küche. Wir waren durstig, und ich holte uns zwei Flaschen Apfelschorle aus dem Kühlschrank.

»Ja«, sagte Hoagie. »Ist aber lange her. Hat Spaß gemacht,

aber das hier« – er klopfte auf seine Brust – »schlägt für die Musik. Als ich mich entscheiden musste, war es ganz leicht.«

Das verstand ich nur zu gut. Ich würde mich jedes Mal fürs Fußballspielen entscheiden. Wenn ich die Wahl hätte.

»Na, das hast du doch!«, sagte Hoagie erstaunt.

»Was?«, fragte ich verwirrt.

»Na, die Wahl. Oder nicht?«

Hrmpf. Offensichtlich hatte ich laut gesprochen.

»Na ja«, sagte ich. »Eigentlich schon, aber nicht wirklich!«

»Wieso denn das?«, fragte Hoagie. »Du bist ein toughes Mädchen mit 'ner Menge Talent. So einen Nachwuchs wie dich brauchen die doch!«

»Hier im Ort nicht«, sagte ich. »Hier gibt's keine Mädchenmannschaft. Und erst recht keine für Behinderte.«

Es fiel mir schwer, das Wort auszusprechen. *Behindert*, meine ich. So fühle ich mich nämlich nicht.

»Na und?«, sagte Hoagie. »Dann spielst du eben bei den Jungs mit. Die steckst du doch locker in die Tasche!«

Ich konnte nichts antworten. Ein Kloß im Hals versperrte den Weg, und ich merkte, wie meine Augen sich mit Tränen füllten. Ich war dankbar, dass er nicht fragte, was ich hatte, und schluckte die Tränen runter.

»Wie wär's, wenn du mal ins Wohnzimmer gehst?«, sagte Hoagie ruhig. »Ich komme gleich nach. Ich möchte dir etwas zeigen.«

Er stand auf und verschwand im Haus. Ich lief hinüber ins Wohnzimmer und spürte, dass der Kloß im Hals jetzt in den Bauch gerutscht war und jeden Schritt schwerer zu machen schien. Als Hoagie kurz darauf wieder erschien, trug er einen Laptop unter dem Arm, und in der anderen Hand hielt er eine Maus und ein Kabel. Er baute alles auf dem Couchtisch auf, ging zur Tür und lauschte. Im Haus war alles still, bis auf die gedämpften Stimmen von Ralle und Tom aus dem Keller und ein Surren, das vermutlich von der Tätowiernadel kam. Hoagie schloss die Tür, setzte sich neben mich und rief YouTube auf. Er gab DEF LEPPARD ins Suchfeld ein. Von den vielen Suchergebnissen suchte er ein Live-Video aus und klickte es an. Die Musik überraschte mich nicht, es war Rockmusik, ähnlich wie die, die HOWIES LITTLE SISTER machten.

»Na«, sagte Hoagie nach einer Weile. »Fällt dir was auf?«

Ich schüttelte den Kopf.

»Das ist eine der besten Rockbands der Welt«, sagte Hoagie. »Die waren in den Achtzigern auf dem Höhepunkt ihrer Karriere. Die haben 1984 neun Millionen Schallplatten verkauft und hatten die zweiterfolgreichste Tournee nach der von Michael Jackson.« Okay, das war wirklich beeindruckend.

»Jetzt guck mal ganz genau hin«, sagte Hoagie.

Ich beugte mich etwas nach vorn, um die Aufnahme besser zu sehen. Und dann entdeckte ich etwas, das mich stutzig machte. Der Schlagzeuger hatte nur einen Arm! Zuerst war ich mir nicht sicher, aber als er das nächste Mal ins Bild kam, war es deutlich zu erkennen. Hoagie stoppte das Video, und das Standbild zeigte es ganz deutlich: Der linke

Arm fehlte. Während ich auf den Bildschirm starrte, lief in meinem Kopf alles kreuz und quer. Ich konnte keinen klaren Gedanken fassen, aber irgendetwas passierte mit mir.

»Das ist Rick Allen«, erklärte Hoagie ruhig. »Der Schlagzeuger der Band. Nach seinem Unfall.«

Ich schluckte.

»Die Band war auf dem Höhepunkt ihres Erfolgs, als es passierte. Wie ich gesagt habe, neun Millionen verkaufte Platten. Und dann kam der Autounfall, und man musste Rick Allen einen Arm amputieren.« Ich schloss die Augen und sah Daniels Auto heranrasen.

»Für die Band war klar, dass sie nur mit ihm weitermachen wollen«, sagte Hoagie. »Sie haben extra ein elektronisches Schlagzeug entwickeln lassen. Eins, das er mit einem Arm und zwei Beinen bedienen kann. Zwei Jahre später war er wieder auf Tournee mit dabei.«

Mein Kopf fühlte sich an, als wäre er aus Watte. Hoagie klappte den Laptop zu.

»Sieh mich an, Charlie«, sagte er.

Es fiel mir schwer, Hoagies Blick standzuhalten, aber ich tat es. In seinen Augen stand nicht das übliche Mitleid, das ich gewohnt war. Es war ein ernster, klarer Ausdruck, und irgendwo darin leuchtete ein Lächeln.

»Es ist eigentlich irre«, sagte Hoagie. »Dir fehlt ein Bein, und trotzdem stehst du dir selbst im Weg. Du bist gut, Charlie. Du bist das talentierteste, klügste, unternehmungslustigste elfjährige Mädchen, das ich je kennengelernt habe. Und du versteckst dich und deinen Ball hier in euren vier

Wänden! Du gehörst mit dem Ball nach draußen aufs Spielfeld, Charlie, nicht in euren Garten!«

Ich konnte nichts sagen. Aber das musste ich auch nicht.

Hoagie schrieb ein paar Namen auf einen Zettel, den er zusammenfaltete und mir in die Hand drückte. »Das hier sind berühmte Leute, deren Leben nicht nach Plan verlief. Die aus ihren vermeintlichen Schwächen etwas gemacht haben. Wann immer du Zeit hast, machst du deinen Job und googelst, okay?«

Ich nickte stumm.

»Und jetzt«, meinte Hoagie nach einem Blick auf die Uhrzeit, »ist genau die richtige Zeit für einen Film. Was meinst du? Ich hab auch schon eine Idee!«

Ein Film war mir sehr recht. Ich konnte nicht mehr denken, und ein bisschen Ablenkung war jetzt genau das Richtige. Hoagie klappte den Laptop wieder auf und tippte etwas ein.

»Hast du den schon mal gesehen?«, fragte er und deutete auf den Filmtitel auf dem Bildschirm: KICK IT LIKE BECKHAM.

Ich schüttelte den Kopf. »Na dann«, sagte Hoagie, »brauchen wir jetzt nur noch Chips und Popcorn.«

»Hole ich«, sagte ich und merkte, dass der Kloß in meinem Hals verschwunden war. Auch im Bauch war er nicht mehr zu spüren. Ich wirbelte leichtfüßig in die Küche, machte uns ein Filmabendfuttertablett zurecht, und dann schauten wir den Film, der mir genau den Kick gab, den ich noch gebraucht hatte.

Wofür, wurde mir allerdings erst am nächsten Morgen klar.

Hoagie klopfte um zehn an meiner Zimmertür und hielt mir ein Paar Sportschuhe hin. »Die standen im Flur und sehen aus, als wären es deine«, sagte er. »Waren zumindest die kleinsten hier.«

»Stimmt«, sagte ich. »Aber warum gibst du sie mir?«

»Damit du sie anziehst«, sagte Hoagie ganz selbstverständlich. »Die anderen schlafen noch. Ich hab schon Frühstück vorbereitet und einen Zettel für deine Geschwister geschrieben, dass wir beide was zusammen unternehmen.«

»Was machen wir denn?«, fragte ich verwirrt. Ich kapierte gerade gar nichts mehr.

»Überraschung!«, sagte Hoagie. »Zieh dir was Bequemes an, und wir treffen uns gleich in der Küche, okay?«

Ich hatte keine Ahnung, was Hoagie vorhatte. Als ich etwas später in die Küche kam, stellte er mir ein Glas Milch hin und ein Brötchen, das noch warm war vom Aufbacken. Daneben lag eine Banane, und ein Glas Schokocreme stand auch dabei.

»Das hab ich früher immer gern gegessen«, sagte Hoagie. »Keine Ahnung, ob dir das auch schmeckt. Aber Schokocreme und Banane sind eine unschlagbare Kombi auf einem warmen Samstagsbrötchen.« Er grinste breit.

Ich musste lachen und fing an, Schokocreme auf eine Brötchenhälfte zu streichen.

»So«, meinte Hoagie, nachdem ich den letzten Krümel vertilgt hatte. »Perfektes Timing. Los geht's!«

Ich kapierte immer noch nichts. »Wohin denn?«, fragte ich.

»Wirst du schon sehen«, sagte Hoagie mit glitzernden Augen. Wir verließen das Haus, stiegen in den Tourbus, und Hoagie steuerte das Gefährt aus der Einfahrt. Dann gab er etwas in sein Handy ein und drückte aufs Gaspedal. Wir fuhren nach Westen Richtung Ortsausgang, und kurz vor dem Ortsschild bog Hoagie nach links ab.

»Hier geht's zum Sportplatz«, sagte ich.

»Sehr richtig«, sagte Hoagie. »Dahin wollen wir nämlich.«

Ich spürte, wie mir heiß wurde. »Warum wollen wir dahin?«, fragte ich. Meine Stimme klang heiser. Ich hatte eine Ahnung, aber darüber wollte ich nicht nachdenken.

»Um elf geht es los«, sagte Hoagie. »Ich begleite dich, okay?«

In meinem Kopf wirbelte alles durcheinander.

»Das Festival endet heute Abend, Charlie. Wir fahren morgen nach Hause. Ab dann bist du hier wieder auf dich allein gestellt. Und bis dahin werde ich für dich tun, was ich kann. In Ordnung?«

Ich nickte. Der Gedankenstrom versiegte und machte einer Unruhe Platz, aber es war nicht nur ein unangenehmes Gefühl. Es war auch Aufregung und Vorfreude.

Wir parkten auf dem kleinen Parkplatz neben dem Spielfeld und stiegen aus. Auf dem Sportplatz liefen schon ein paar Jungs hin und her, die sich offensichtlich warm machten. Die meisten kannte ich vom Sehen, und dann entdeckte ich auch noch Maximilian aus meiner Klasse. Stimmte ja, er spielte Fußball. Jetzt wurde mir wieder ein bisschen mau, aber es fühlte sich nicht so schlimm an, wie es all die vergangene Zeit in meiner Vorstellung gewesen war.

Hoagie spazierte zum Trainer, gab ihm die Hand und sprach mit ihm. Die Jungs auf dem Platz hatten uns jetzt auch bemerkt und sahen die ganze Zeit zu uns herüber. Kein Wunder, wir waren ja auch ein auffälliges Paar: Hoagie, der kräftige Heavy-Metal-Typ mit langen Haaren, Bart und Tattoos, und ich, halb so groß und ein Drittel so schwer wie er, mit einem echten und einem künstlichen Bein. Nach einer Weile winkte der Trainer mich rüber. Ich kannte ihn vom Sehen. Er hielt mir die Hand hin und sagte freundlich: »Hallo, Charlie. Ich bin Stefan. Herr Albers sagt, du möchtest gerne Fußball spielen, und dein Talent wäre für uns ein Geschenk. Wenn du magst, kannst du heute gerne mittrainieren und schauen, ob es dir bei uns gefällt. Was meinst du?«

»Okay«, brachte ich heraus. Mein Mund war ganz trocken.

Stefan pfiff auf seinen Fingern und brüllte »ALLE MAL HERKOMMEN, BITTE!«

Die Jungs trabten vom Platz und stellten sich neugierig bei uns auf.

»Das hier sind Charlie und ihr Onkel, Herr Albers«, sagte Stefan, und ich musste mich sehr zusammenreißen, um nicht loszulachen. Hoagie hatte sich als mein Onkel vorgestellt! Hieß er überhaupt wirklich *Herr Albers*? Als ich zu Hoagie rüberlinste, grinste er unter seinem Bart und zwinkerte mir zu.

»Ein paar von euch kennen sie ja bestimmt. Charlie spielt

heute mit uns mit, und wenn es ihr gefällt und alles passt, nehmen wir sie auf, okay?« Die Jungs nickten. Alle starrten abwechselnd Hoagie und mich an, aber die meisten Blicke blieben bei Hoagie hängen. Zwei Jungs tuschelten, und Stefan fragte, was es Wichtiges gebe.

Einer der beiden wurde knallrot und räusperte sich. »Sind Sie nicht der von HOWIES LITTLE SISTER?«, fragte er verlegen. Hoagie grinste überrascht.

»Jau«, sagte er. »Bin ich. Hätte nicht gedacht, dass man uns in eurem Alter kennt.«

»Ich hab alle Alben«, sagte der Junge.

»Ich auch«, sagte der andere. »Können wir ein Autogramm haben, bitte?«

»Klar«, sagte Hoagie. »Ich hol gleich ein paar Autogrammkarten aus dem Tourbus. Und ihr seid nett zu meiner Nichte, okay? Ich will keine Klagen hören!« Er zog eine wüste Grimasse, und alle lachten.

Als ich mit den Jungs aufs Feld lief, fühlte es sich ganz neu und aufregend an, aber sobald der Anpfiff ertönte und ich den Ball zum ersten Mal vor die Füße bekam, lief es wie von selbst. Wir spielten und spielten, bis ein Pfiff ertönte und wir uns auf den Rückweg zum Spielfeldrand machten.

»War cool«, sagte ein Junge namens Oliver zu mir.

»Ja«, sagte Maximilian aus meiner Klasse. »Ich wusste gar nicht, dass du so gut Fußball spielst!«

Auch Stefan war beeindruckt, und als er mich fragte, ob ich von nun an mittrainieren wollte, konnte ich nur begeistert nicken.

»Na prima«, sagte Stefan. »Dann sag ich mal *Herzlich willkommen in der Mannschaft*, okay? Bis nächsten Samstag um elf Uhr dann. Den Aufnahmeantrag gebe ich dir beim nächsten Mal gleich mit.«

Wir verabschiedeten uns, und als Hoagie den Bus wieder auf die Straße steuerte, fühlte ich mich rundum glücklich.

Also, das war so …

Stefan schaute immer noch ratlos aus seinem Fahrerfenster auf meine Familie und mich. Papas Frage, wo ich denn nächsten Samstag wieder hinkommen solle, hatte ihn offensichtlich ziemlich aus der Fassung gebracht.

»Na, zum Fußballtraining natürlich«, sagte er irritiert.

»Natürlich«, sagte Papa nach einer Pause. »Ich weiß gar nicht, wie ich das vergessen konnte! Ich bringe Charlie selbstverständlich hin.«

»Na prima«, sagte Stefan erfreut. »Wir sind wirklich froh über den Zuwachs für unsere Mannschaft. So eine talentierte Spielerin hat uns die ganze Zeit gefehlt! Und wir wussten gar nicht, dass sie so einen berühmten Onkel hat! Wirklich, sie ist ein großer Gewinn für uns!«

Er gab Gas, winkte noch einmal und brauste davon. Alle schauten mich fragend an. Mama, Papa, Mira und Tom. Hier ging es zum ersten Mal nur um mich, und ich hatte keine Ahnung, was ich jetzt noch tun konnte, um unser Geheimnis zu wahren.

»Können wir erst mal heimgehen?«, fragte ich kleinlaut. Vielleicht fiel mir bis dahin noch irgendetwas ein.

Irgendetwas!

Was um alles in der Welt ist denn *das*?

Den Rest des Weges legten wir schweigend zurück. Das war mir auch ganz recht so, mein Kopf war wie leer gefegt. Als wir um die Straßenecke bogen, sah ich jemanden unsere Einfahrt hochgehen. Es war ein Polizist.

»Was will denn jetzt auch noch die Polizei von uns?«, fragte Papa total verblüfft.

»Um Himmels willen«, sagte Mama. »Es wird doch nichts passiert sein?«

Jetzt wurde mir *richtig* flau im Magen. Mira, Tom und ich hatten bereits so viele Details übersehen, dass es sich so anfühlte, als ob nur noch der berühmte Tropfen fehlte, der das Fass zum Überlaufen bringen würde. Und wenn ein Polizist vor unserer Tür stand, dann musste etwas ganz gewaltig schiefgelaufen sein. Ich hatte absolut keine Ahnung, um was es ging, aber das unbestimmte Gefühl, dass unser großes Geheimnis gleich mit einem gigantischen Knall auffliegen würde.

Während wir näher kamen, klingelte der Polizist an unserer Tür.

»Hallo?«, rief Mama. »Sie wollen zu uns?«

Der Polizist drehte sich um und hob grüßend die Hand.

»Hallo, Diana«, rief er. »Hallo, Kurt!«

»Ah, Dieter«, sagte Papa. »Was gibt's denn?«

Jetzt erkannte ich den Polizisten auch. Er ist Vorsitzender vom Kegelverein, in dem meine Eltern auch sind. Einen Moment lang hoffte ich, dass er privat da war, aber diese Hoffnung zerschlug sich gleich, als wir ihm gegenüberstanden. »Tach«, sagte dieser Dieter, und die Erwachsenen schüttelten sich die Hand. Dann grinste er uns an.

»Hallo, Jugend«, sagte er dann und gab auch uns die Hand. Erst mir, dann Tom und zuletzt Mira.

»Da haben wir ja das Fräulein Tochter«, sagte er mit einem Blick auf Mira.

Papa und Mama schauten alarmiert zu ihr.

»Ich denke«, sagte Dieter, »das hier ist selbsterklärend.« Er drückte Mama einen Umschlag in die Hand.

»Ist ja gut, dass man sich kennt. Schaut euch das mal in

Ruhe an. Wir sehen uns ja morgen beim Kegeln, und dann können wir über die Sache reden. Man muss ja keine Riesenwelle machen, ist ja nichts passiert. Aber ich brauche eine gute Erklärung, damit wir das Ganze irgendwie vergessen können. Vielleicht fällt euch ja bis morgen was ein.«

Mama und Papa starrten abwechselnd von Mira zu Dieter und zurück.

»Ja, okay«, sagte Papa verwirrt.

»Dann bis morgen«, sagte der Polizist, nickte meinen Eltern zu und sah Mira an.

»Ich wünsche viel Vergnügen!«, sagte er breit grinsend, tippte sich an die Mütze und schlenderte die Einfahrt hinunter.

»Familienkonferenz im Garten!«, sagte Papa in einem Ton, der keine Widerrede zuließ. »Sofort!«

Ich ging wie auf Watte und setzte mich mit Tom und Mira an den Gartentisch. Mama brachte ein paar Gläser und Papa Getränke. Als alle saßen, öffnete Mama den Umschlag, den der Polizist ihr in die Hand gedrückt hatte. Sie zog ein Blatt Papier heraus und beugte sich zusammen mit Papa darüber.

Ihre Augen wurden groß wie Untertassen. Nach einer Weile ließen sie das Blatt sinken und schauten uns fassungslos an.

»Was. Ist. Das?«, flüsterte Mama tonlos.

Sie reichte uns das Blatt herüber.

Es war ein offizielles Schreiben, das sah ich gleich, weil es in Computerschrift getippt war. Aber ich kam gar nicht dazu, zu lesen, was da stand. Das, was mein Auge fesselte, war das Schwarz-Weiß-Foto in der Mitte.

Und das, was darauf zu sehen war, brachte mit einem Schlag die Erinnerung zurück. Die Erinnerung an den Tag, an dem Mira zur Heldin wurde.

Die Wahrheit über den Tag, an dem Mira Hoagie das Leben rettete

Hoagie und ich kamen gerade vom Fußballtraining zurück und guckten erstaunt auf die Schlange von Leuten, die unsere Einfahrt bevölkerte.

»Was ist das denn?«, wunderte sich Hoagie und ließ das Fenster auf der Fahrerseite herunter. Die Leute waren alle schwarz oder grau gekleidet, und die meisten trugen Silberschmuck und Tattoos und sahen aus wie die typischen Festival-Besucher.

»Hi«, quatschte Hoagie den Ersten an, der ihm am nächsten stand. »Was geht denn hier ab?«

»Tattoo-Stunde bei Ralle«, meinte der.

»Oh, stimmt ja!«, sagte Hoagie.

»Hi«, brüllte er dann mit seiner kräftigen Stimme. »Könnt ihr die Einfahrt bitte frei machen? Wir wollen da rein!«

»Ihr könnt euch in den Vorgarten setzen«, rief ich, und die Leute machten bereitwillig Platz. Hoagie fuhr den Tourbus in die Garage, und wir stiegen aus. Es war total irre, so viele Leute bei uns im Vorgarten zu sehen. Und als ich die

Tür aufsperrte, sah ich drei weitere auf der Treppe, die in den Keller führte. Frankie saß auf einem Stuhl im Flur und spielte auf seinem Handy.

»Hi«, sagte er fröhlich, als er uns entdeckte. »Ich mach hier den Türsteher. Muss ja aufpassen, dass keiner durchs ganze Haus rennt, der nicht hier reingehört.« Ich musste grinsen. Frankie selbst war nun auch nicht gerade ein Familienmitglied, aber es fühlte sich mittlerweile tatsächlich so an, als wäre er eines. Nur heute noch würden HOWIES LITTLE SISTER bei uns wohnen. Am Abend war ihr Abschlusskonzert beim RATTAZONK, und am nächsten Morgen würden sie nach dem Frühstück die Heimfahrt antreten.

Ich mochte gar nicht daran denken. Es machte mich traurig. Immerhin hatten sie uns eingeladen, am Abend mit aufs Festival zu kommen und ihren Auftritt anzusehen. Bernie hatte uns drei Eintrittskarten in die Hand gedrückt.

VIP-*Ticket* stand in goldenen Buchstaben auf dem schwarz glänzenden Papier.

»Wir nehmen euch im Tourbus mit«, hatte Sandy gesagt. »Und dann kommt ihr mit backstage, da sind unsere Garderoben und der Aufenthaltsraum. Die Show könnt ihr euch im VIP-Bereich direkt vor der Bühne ansehen, wenn ihr wollt.« Und ob wir wollten!

Ich war so aufgeregt wegen der Show und wegen des Fußballtrainings, das ich gerade hinter mir hatte, dass ich kaum still sitzen konnte. Aber das hatte ich sowieso nicht vor. Ich hatte mir auf der Rückfahrt vom Sportplatz überlegt, einen Kuchen zu backen. Für Hoagie, weil er mir den entscheidenden Kick gegeben hatte, zum Fußballtraining zu gehen. Für Ralle wegen des Schweins. Für Bernie wegen Valentinas Rettung. Für Frankie wegen der Fahrstunden. Für Sandy wegen der Aushilfe im Nagelstudio.

Und überhaupt für alle HOWIE-SISTERS wegen der tollen Zeit, die wir mit ihnen gehabt hatten. Ich wollte mir nicht vorstellen, wie leer das Haus ohne sie sein würde. Vor allem, weil Mama und Papa erst übermorgen zurückkamen.

Umso besser würde es mir gehen, wenn ich nicht zu viel nachdachte, sondern etwas tat.

Als ich in die Küche kam, saßen Mira und Sandy zusammen am Tisch. Die beiden hingen eigentlich ständig zusammen, und obwohl der Altersunterschied ziemlich groß war, verstanden sie sich offensichtlich prächtig. Das war bei mir und Hoagie ja auch so, und Ralle und Tom hatten offenbar auch einen Narren aneinander gefressen. Mira und Sandy unterhielten sich gerade darüber, dass Tom wohl doch nicht Tätowierer werden würde.

»Ralle hat gesagt, der arme Tom ist bleich geworden und fast umgekippt, als er versuchte, das tote Schwein zu tätowieren. Er hat die ganze Zeit versucht, das Würgen zu unterdrücken. Dann ist er plötzlich aufgesprungen, ins Bad gerannt, und als er zurückkam, hat er gesagt, dass Vorlagen zeichnen doch bestimmt auch irgendwie ein guter Job ist. Ralle hat ihn damit getröstet, dass er ihm jederzeit seine Zeichnungen abnimmt und sie sich die Arbeit also so aufteilen können, dass jeder glücklich ist.« Wir mussten alle lachen.

»Ich will einen Kuchen backen«, sagte ich schließlich.

»Für heute Nachmittag. Aber ihr könnt ruhig hier bleiben!«

»Können wir helfen?«, fragte Sandy.

»Nein, danke« sagte ich. »Ich mach das alleine!« Sandy lächelte und nickte.

Ich nahm Mamas Rezeptbuch aus dem Küchenregal. Da bewahrte sie alle Rezepte von Opa auf, die er über die Jahre für sie aufgeschrieben hatte. Opa war nämlich Koch gewesen, und sosehr Mama sich auch bemühte, es schmeckte nie ganz so wie bei Opa. Ich blätterte durch die Seiten, bis ich bei den Desserts angekommen war. Dort fand ich, was ich gesucht hatte: den Schoko-Nuss-Kuchen, den ich immer zu meinem Geburtstag bekomme. Das ist mein absoluter Lieblingskuchen.

In der nächsten halben Stunde rührte und mixte ich, was das Zeug hielt. Ich füllte den Teig in eine Springform und drehte den Backofen an, um ihn vorzuheizen. Als ich sah, dass offenbar schon etwas im Ofen war, öffnete ich die Backofentür und erschrak wie noch nie in meinem Leben! Ich fuhr zurück und schrie aus Leibeskräften.

»Was ist denn?«, rief Sandy entsetzt und schoss vom Stuhl hoch. Mira war ebenfalls aufgesprungen.

Sandy stellte sich neben mich und beugte sich vor. Sie holte tief Luft und zog das Backblech hervor, auf dem ein Kopf thronte. Ein Kopf mit glänzenden Augen, die uns vorwurfsvoll anzusehen schienen.

Es war der Kopf von SISTER, dem Maskottchen der Band.

Sandy schnappte sich den Kopf, riss die Küchentür auf und feuerte ihn in den Flur.

»WELCHER VON EUCH HIRNVERBRANNTEN IDIOTEN HAT DIE SISTER IN DEN BACKOFEN GESTECKT?«, brüllte sie mit ihrer tiefen Bühnen-Rülpsstimme. Sie stürmte aus der Küche, und Mira und ich stürzten hinterher. Vier aufgerissene Augenpaare starrten uns an. Das waren wohl Fans, die noch auf ihr Ralle-Tattoo warteten, drei Frauen und ein Mann. Der Mann hielt den SISTER-Kopf in der Hand.

Sandy sah ihn erschrocken an.

»Das tut mir leid«, stammelte sie. »Ich hab nicht dran gedacht, dass noch andere Leute im Haus sind. Sorry, wirklich!« Der Mann verzog die Mundwinkel. Dann grinste er breit, und schließlich fing er schallend an zu lachen.

»Scheiße, ey!«, rief er. »Ich hab die SISTER gefangen! Die Original-SISTER!«

Die drei Frauen klatschten, und der Mann sprang drei Stufen hoch und riss die Haustür auf. »LEUTE!«, brüllte er in den Vorgarten, der immer noch gerammelt voll war. »GUCKT MAL, WAS ICH HIER HABE! DIE ORIGINAL-SISTER!!!« Die Menge jubelte ihm zu, und der Mann ließ sich feiern, als hätte er gerade den UEFA-Pokal der Fußball-WM gewonnen.

Frankie, der noch immer auf seinem Stühlchen im Flur saß, lachte schallend. »Sollte 'ne Überraschung sein, das mit LITTLE SISTER im Backofen«, sagte er zu Sandy. »Weil du und Bernie doch morgen das Abschiedsfrühstück machen wolltet.«

»DU ARSCH!«, brüllte Sandy, »CHARLIE IST ZU TODE ERSCHROCKEN!« Frankie guckte so verblüfft, dass ich mich vor Lachen nicht mehr halten konnte. Ich musste so lachen, dass mir der Bauch wehtat, genau wie vor ein paar Tagen beim Pictionary-Spielen. Ich lachte Tränen, und als Sandy das sah, stimmte sie erleichtert mit ein.

»So eine bekloppte Truppe findet man auf dem ganzen Erdball nicht mehr«, sagte sie und schüttelte grinsend den Kopf.

Ich liebte diese bekloppte Truppe, und die gemeinsame Zeit verging viel zu schnell. Zwei Stunden später waren die letzten Tattoo-Gäste abgezogen. Wir saßen am Gartentisch, den Mira und Sandy liebevoll mit Blumensträußchen geschmückt hatten, und ich hatte gerade jedem ein großes Stück Kuchen auf den Teller gegeben.

»Das ist der Schokokuchen nach einem Rezept von meinem Opa!«, sagte ich stolz. »Und meine Spezialsahne!« Ich hatte extra Vanillezucker in die Schlagsahne gemischt.

»Lecker«, sagte Ralle mit vollem Mund. »Übrigens, habt ihr schon gesehen? Unser guter Bernie hat ein neues Tattoo!«

Bernie grinste und zeigte auf eine leicht gerötete Stelle auf seinem Unterarm, die mit Klarsichtfolie umwickelt war.

»Was ist das denn?«, fragte ich neugierig. »Guck«, sagte er und wickelte die Folie so weit ab, dass ich das Motiv erkennen konnte.

»Das ist ja Valentina!«, rief ich begeistert.

»Jep«, sagte Ralle. »Und sie ist in Teamarbeit entstanden. Ich hab das Tattoo gestochen, und Tom hat die Vorlage gezeichnet.«

»Echt?«, riefen Mira und ich gleichzeitig.

Tom nickte und grinste breit.

»Wie cool!«, sagte Frankie andächtig, und wir alle begutachteten das Valentina-Tattoo ausgiebig.

»Das ist eine bleibende Erinnerung an meine Karriere als Schildkröten-Retter«, sagte Bernie und wickelte die Tattoo-Valentina wieder ein. Dann nahm er sich ein zweites Stück Kuchen und häufte ordentlich Sahne darauf.

»Lecker, echt. Super gelungen, Charlie!« Er hob den Daumen und schob sich ein riesiges Stück Kuchen in den Mund.

Plötzlich begann Hoagie zu husten. Sandy, die neben ihm saß, haute ihm kräftig auf den Rücken. Vermutlich dachte sie, wie wir alle, dass er sich verschluckt hätte. Aber Hoagie hustete immer mehr und lief rot an. Er riss die Augen auf und sah panisch auf seinen Teller.

»Was ist denn?«, rief ich erschrocken.

Hoagie röchelte jetzt und zeigte hektisch auf den Kuchen.

»Nüsse?«, krächzte er.

Ich nickte. »Haselnüsse«, sagte ich. »Nein, Moment. Ich hab Walnüsse genommen, weil Haselnüsse aus waren.«

Hoagie schaute so entsetzt, dass mir ganz anders wurde.

»Allergie«, brachte er hervor und machte hektische Zeichen mit den Händen, die aussahen, als würde er jemandem eine Spritze geben.

»Hast du ein Notfallset?«, rief Ralle und sprang auf.

»Festival, Garderobe«, krächzte Hoagie. Ihm trat der Schweiß auf die Stirn, und seine Gesichtsfarbe wechselte von Rot zu Schneeweiß. »Notarzt! Schnell!«

Bernie und Ralle zogen gleichzeitig ihre Handys hervor und verständigten sich durch Blicke. Es war Ralle, der den Notruf absetzte. »Wir haben hier einen Notfall. Allergischer Schock. Schnell, bitte. Eulenweg… Wie viel?« Er sah in die Runde.

»Vier«, riefen Mira, Tom und ich gleichzeitig.

Ralle lauschte dem Notdienst, und dann brüllte er panisch: »Das geht nicht, das dauert viel zu lang!«

Er schaute uns an. »Die Rettungswägen sind alle im Einsatz auf dem Festival. Es dauert mindestens eine halbe

Stunde, bis jemand hier sein kann!« Ich habe noch nie einen Menschen so panisch gucken sehen wie Hoagie in dem Moment. »Das wars dann«, flüsterte er mit seiner Krächzstimme. Ich kniete mich neben ihn und nahm seine Hand.

»Scheiße«, rief ich. »Macht doch was!«

Ich sah flehentlich in die Runde. Ich merkte erst, dass mir die Tränen übers Gesicht liefen, als sie mir auf mein echtes Bein tropften.

Alle standen wie erstarrt da. Als wären sie angewurzelt.

»Ihr tragt Hoagie«, rief Mira plötzlich mit einem Blick auf die Bierflaschen, die neben den Kuchentellern standen. »Ich fahre! Los, zum Bus!«

Die Jungs von der Band und Tom hoben Hoagie hoch. Ich lief neben ihnen her und ließ Hoagies Hand die ganze Zeit nicht los. Er durfte nicht sterben!

Mira fuhr den Bus aus der Garage, und die SISTERS beeilten sich, Hoagie auf den Rücksitz zu hieven. Ich setzte mich neben ihn, Frankie stützte ihn von der anderen Seite, Ralle sprang mit Bernie auf den Beifahrersitz und Sandy und Tom hinten in den Laderaum. Der war von den hinteren Sitzen nur durch einen Vorhang getrennt, den Sandy zur Seite schob. Sandy und Tom hielten Hoagies Kopf, damit er nicht zur Seite sackte. Ich drehte mich um und hielt Hoagies Hand weiter fest. »Es wird alles gut, bestimmt!«, sagte ich.

Mira schoss wie ein geölter Blitz aus der Einfahrt auf die Straße. Sie bremste kurz, drehte das Lenkrad und gab Gas. Dann bretterte sie durch unser Viertel zur Hauptstraße und nahm den Weg zum Festival. Sie fuhr, als ob sie nie etwas anderes getan hätte, und drückte so aufs Gaspedal, dass der Motor aufheulte. So schnell die Zeit in den letzten Tagen vergangen war, so langsam flossen die Minuten jetzt dahin. Hoagie wurde immer bleicher und atmete nur noch flach.

»Es wird alles gut«, sagte ich wieder und wieder und weinte immerfort. Als wir endlich auf dem Festivalparkplatz ankamen, fuhr Mira durch bis zu den Wächtern, die uns erstaunt ansahen, und bremste so, dass der Schotter nur so spritzte.

»Notarzt, schnell«, rief Mira durch das offene Fahrerfenster. »Wohin?«

»Da lang«, sagte einer der Parkplatzwächter und zeigte den linken Schotterweg runter. Mira stieß zurück, kuppelte und schoss mit knirschenden Reifen den Weg entlang. Es dauerte nicht lange, bis wir drei Notarztwägen sahen, die nebeneinander parkten. Mira bremste scharf genau neben dem äußersten, und noch bevor sie den Motor ausgemacht hatte, waren Frankie und Ralle schon aus dem Bus gesprungen und zu den Sanitätern gerannt, die am Zaun standen und in die andere Richtung sahen. »Schnell!«, brüllte Ralle. »Allergischer Schock!«

Jetzt kam Leben in die Sanitäter. Einer schnappte sich einen Koffer, und dann rannten sie zu Hoagie, den Sandy und Tom mittlerweile auf den Boden gelegt hatten. Er lag so still da, dass ich nicht wusste, ob er noch lebte.

»Er hat Nüsse gegessen«, rief ich, »und er ist allergisch dagegen!«

Die Sanitäter begannen, Hoagies Puls zu messen und eine Spritze aufzuziehen, die sie ihm in den linken Arm rammten.

Keiner sagte etwas. *Bittebittebitte*, dachte ich die ganze Zeit. Hoagie muss es schaffen! Ich weinte immer noch. Diese blöden Walnüsse! Wenn ich das gewusst hätte! Es war alles meine Schuld! Ich kniete mich wieder zu ihm, streichelte seine Hand, und plötzlich drehte Hoagie langsam den Kopf. Er öffnete erst ein Auge, dann beide. Zuerst schien er mich nicht zu erkennen, aber dann wurde sein Blick klarer, und ein Lächeln glitt über sein Gesicht. »Hey, Charlie«, flüsterte er.

Die Sanitäter atmeten erleichtert aus. »Puls stabilisiert sich«, sagte der eine.

»Scheiße, war das knapp«, flüsterte der andere. Er wischte sich den Schweiß von der Stirn. Es dauerte noch eine Viertelstunde, bis Hoagie wieder richtig fit war. »Mann, war das knapp!«, sagte er. »Ich Idiot, ich muss mein Notfallset doch immer bei mir haben!«

»Ich bin schuld«, sagte ich. »Ich hab die Walnüsse in den Kuchen getan!«

Hoagie schüttelte den Kopf. »Da kannst du nix für, glaub mir das! Du hast mir viel eher geholfen, als ich ohnmächtig war. Danke!« Dann drehte er sich zu Mira um. »Hab ich das geträumt, oder hast du den Tourbus hierhergefahren?«

»Nö, das war ich wirklich«, sagte Mira so unbeteiligt, als wäre das gar nichts. Aber alle wussten, dass sie es war, die in Wirklichkeit Hoagie das Leben gerettet hatte. Keiner der SISTERS hätte fahren können, sie alle hatten Bier getrunken. Tom hatte in seinem ganzen Leben noch keine Fahrstunde gehabt, und ich schied sowieso aus, ich würde noch nicht mal an das Gaspedal heranreichen.

»Du bist eine echte Heldin, Mira!«, sagte Hoagie. »Verdammte Scheiße, echt! Eins sag ich dir: Wenn du noch mehr Fahrstunden brauchst, dann zahl ich die!«

»Auf keinen Fall«, sagte Mira. »IHR habt mir doch erst das Fahren so richtig beigebracht. Ihr taugt mehr als Andy, echt wahr!« Ich sah genau, dass sie Frankie aus dem Augenwinkel ansah. Oh nein! Hatte sie sich etwa in Frankie verknallt? Der war ja mindestens so alt wie dieser Andy! Na, darüber dachte ich lieber nicht nach.

»So, ihr Lieben«, sagte Sandy. »Wenn es jetzt nicht Zeit zum Feiern ist, wann dann?«

Und genau das taten wir.

Was um alles in der Welt ist denn das?

Auf dem Foto, das in der Mitte des offiziellen Schreibens prangte, sah man Mira hinter dem Steuer des Tourbusses. Und uns alle drum herum.

»Was ist das?«, fragte Mama. »Und vor allem: WER ist das?«

Ich wusste, was das war. So sehen Fotos aus, wenn ein Radargerät einen beim zu schnellen Fahren erwischt und man geblitzt wird. Papa und Mama hatten solche Briefe auch schon mal bekommen.

Aber Mira hatte noch keinen Führerschein! Und wie sollten wir den Tourbus erklären? Und die Leute darin?

»Ihr dürft nicht böse sein«, platzte ich heraus. »Mira hat Hoagie das Leben gerettet!«

Unsere Eltern starrten mich an, als ob ich nicht alle Tassen im Schrank hätte.

»Wer ist Hoagie?«, fragte Mama. »Der Suffkopp hinter Mira oder der komatöse Typ daneben?«

Jetzt erst sah ich, dass Frankie eine Bierflasche in der Hand hielt.

»Der daneben!«, sagte ich. »Jetzt hört doch erst mal zu, was passiert ist!«

»Charlie«, flehte Mira. »Nicht!«

»Wir müssen das erklären!«, sagte ich. »Und es stimmt doch! Du hast Hoagie das Leben gerettet!«

»Jetzt will ich aber alles wissen!«, mischte sich nun Papa ein. »Ich will endlich wissen, was hier los war, während wir in Österreich gemütlich am See gelegen haben und dachten, hier sei alles in bester Ordnung! Ich hatte die ganze Zeit schon das Gefühl, dass irgendwas nicht stimmt. Also, raus mit der Wahrheit!«

»Mit der GANZEN Wahrheit«, fügte Mama hinzu.

Es half nichts. Jetzt blieb uns nur noch die Flucht nach vorne.

»Oh Gott!«, sagte Mira. »Ich schaufel schon mal mein Grab.« Sie sank mit dem Kopf in ihre Arme, die sie auf ihren Knien verschränkt hatte. Ihre Haare flossen über ihre Schultern, und sie sah auf einmal aus wie ein Häufchen Elend.

Tom war blass und wirkte, als würde er gleich umkippen.

Wie es aussah, würde es an mir hängen bleiben, die ganze Wahrheit zu beichten.

»Okay«, sagte ich und holte tief Luft. »Also, das war so …«

Die ganze Wahrheit

Ich erzählte alles und ließ nichts aus.

… vom ersten Tag, an dem ich den Job mit dem Gassigehen bekommen und wieder verloren hatte

… von den Fahrstunden, die Mira noch brauchte

… von unserer Idee, Festivalbesucher einzuquartieren

… von dem Tag, an dem HOWIES LITTLE SISTER eingezogen waren

… von Valentinas Ausflug in den beckerschen Pool und ihrer Rettung durch Bernie

… von Sandys Termin mit Frau Brunner

… von den Fahrstunden, die die Band Mira gegeben hatte

… von dem toten Schwein, das Ralle für Tom als Tätowierübungsunterlage besorgt hatte

… von Hoagie, der mir *Def Leppard* gezeigt und mich zum Fußballtraining begleitet hatte

… und davon, wie es gewesen war, als Mira Hoagie das Leben gerettet hatte.

Ich erzählte, wie Hoagie sich erholt hatte und wie wir alle danach gemeinsam aufs Festival gingen. Wie wir *unsere* SISTERS auf der Bühne gesehen hatten. Wie Tausende Leute ihnen zugejubelt hatten. Wie Sandy in einer ihrer Ansagen zwischen den Songs von den drei Geschwistern erzählt hatte, die dafür sorgten, dass sie gerade das coolste Festival ihres Lebens erlebten. Und dass sie die Zeit hier nie vergessen würden. Wie die Menge getobt und Tom, Mira und ich gejubelt hatten, bis wir heiser waren. Ich erzählte von der letzten gemeinsamen Nacht nach dem Auftritt, in der wir alle zusammen *Ferris macht blau* geschaut hatten, und dem letzten gemeinsamen Frühstück, das keinem schmeckte, weil der Abschiedsschmerz so groß war (okay, DAS war ein bisschen geschummelt. Es hatte vor allem deswegen nicht geschmeckt, weil Sandy die Brötchen im Ofen angebrannt waren).

Ich erzählte davon, wie wir alle uns umarmt und gesagt hatten, wie sehr wir hofften, uns wiederzusehen. Und davon, wie wir HOWIES LITTLE SISTER nachgewinkt hatten, als der Tourbus zum letzten Mal aus unserer Einfahrt rollte.

Und dann hatte ich mich leer geredet.

Ich ging zu Valentinas Drahtgehege, nahm sie heraus, setzte mich mit ihr auf meinem Schoß wieder hin und streichelte ihr Köpfchen. Die silbernen Buchstaben auf ihrem Panzer waren kaum noch zu sehen.

»So«, sagte ich. »Jetzt wisst ihr alles. Unser ganzes, großes Geheimnis.«

Epilog

Mama und Papa saßen still auf ihren Stühlen. Sie starrten uns nur an und sagten gar nichts. Mira, Tom und ich warteten. Was hätten wir auch sonst tun sollen.

Schließlich war es Mama, die sich als Erste rührte.

»Kurt«, flüsterte sie. »Ich brauche einen Selbstgebrannten.«

Papa nickte stumm und stand auf. Er ging ins Wohnzimmer, holte eine schmale Flasche mit einer klaren Flüssigkeit aus der Schrankwand und brachte gleich zwei kleine Gläser aus der Bar mit. Er stellte sie vor Mama auf den Tisch und goss beide Gläser randvoll. Es roch scharf. Ich begreife beim besten Willen nicht, wie Erwachsene so etwas in sich hineinschütten können. Papa nahm einen kräftigen Schluck.

»Heavy-Metal-Rocker. In unserem Haus.« Mama schüttelte fassungslos den Kopf. »Was habt ihr euch denn dabei gedacht?«

»Geld wollten wir verdienen«, sagte ich.

»Hat ja auch geklappt!«, fügte Mira hinzu.

»Mira kann jetzt endlich Auto fahren!«, ließ sich Tom vernehmen.

»Tom weiß jetzt, dass er NICHT Tätowierer werden will!«, rief ich.

»Mira hat aufgehört zu singen!«, sagte Tom triumphierend.

»Und Charlie«, sagte Mira, »spielt Fußball. Fußball, verdammt noch mal!« Sie sah aus, als würde sie vor Stolz platzen.

Alle sahen mich liebevoll an.

»Also«, sagte Papa langsam. »Wenn man es genau bedenkt, ist eigentlich gar nichts Schlimmes passiert.«

»Sondern im Gegenteil eine ganze Menge Gutes!«, rief ich.

Mama und Papa sahen sich an.

»Da ist was dran«, sagte Mama. »Auch wenn mir im Nachhinein noch schlecht wird.«

Papa grinste.

Mamas Mundwinkel zuckten.

»Wie lange wolltet ihr das denn durchziehen?«, fragte sie. »Also, uns nichts zu verraten?«

Wir zuckten gleichzeitig mit den Schultern.

»Ich weiß nicht, wie es dir geht«, sagte Mama zu Papa. »Aber wir könnten in den Herbstferien doch alle gemeinsam verreisen, oder?« Sie sah in die Runde. »Wo wohnen HOWIES Dingsda noch mal?«

»Im Ruhrgebiet«, sagte ich. »Bochum.«

»Soll schön sein, da«, sagte Mama. »Wollen wir uns das Ruhrgebiet mal ansehen? Und seine Bewohner?«

Papa nickte. »Wüsste nicht, was dagegenspräche«, sagte er.

Mir wurde heiß vor Aufregung.

Meine Geschwister und ich sahen uns an. Nein, wir *lächelten* uns an.

»Sagt mal«, sagte Papa. »Wolltet ihr nicht Geld verdienen?«

»Doch«, sagten wir wie aus einem Mund und nickten in schönster Einigkeit.

»Dann mache ich euch einen Vorschlag«, sagte Papa. »Schreibt das auf. Schreibt alles auf und macht ein Buch draus. Das wird garantiert ein Knaller.«

Und genau das tat ich.

ENDE

Juma Kliebenstein wurde 1972 im Saarland geboren und dachte sich als Kind schon gerne Geschichten aus. Nach dem Abitur studierte sie Anglistik und Germanistik und arbeitete als Lehrerin an einem Gymnasium. Dabei merkte sie, dass sie viel lieber Bücher schreiben würde, und so widmet sie sich seit 2009 ganz ihren Geschichten. Denn für sie gibt es nichts Spannenderes, als ihre Leser in Welten zu entführen, in denen alles möglich ist. Mit »Der Tag, an dem ich cool wurde« gelang Juma Kliebenstein 2010 der Durchbruch. Ihre Bücher und Hörspiele wurden mehrfach ausgezeichnet.

Barbara Jung wurde in Karlsruhe geboren und hat an der Fachhochschule Mainz Kommunikationsdesign studiert. Seit 2003 arbeitet sie als freischaffende Illustratorin für Kinder- und Schulbuchverlage. Mit ihren beiden Kindern lebt sie seit 2010 in Frankfurt am Main. Am liebsten mag Barbara Jung Geschichten mit etwas schrägem Humor und originellen Protagonisten, die gerne mal aus der Rolle fallen.